Hans-Peter Schneider

Seppis Tagebuch

Saustark!

Hans-Peter Schneider

Seppis Tagebuch

Saustark!

Illustrationen: Christiane Franke

rosenheimer

Vollständige Taschenbuchausgabe
der im Rosenheimer Verlagshaus erschienenen Originalausgabe

www.rosenheimer.com

Illustrationen: Christiane Franke, Basel
Satz: Christiane Franke, Basel
Druck und Bindung: Finidr s.r.o.
Printed in Czech Republic

ISBN 978-3-475-54752-2

Für meine Lieben

JANUAR

Sonntag

Oh, was für ein wunderschöner Tag! Die Luft duftet nach Frühling! Die Vögel zwitschern vergnügt! Mein Herz hüpft vor Freude! Schmetterlinge fliegen in meinem Bauch! Ich kann nur noch an SIE denken! Endlich kann ich mit meiner großen Liebe über die Frühlingswiese schweben! Und als Höhepunkt ein Picknick im Sonnenschein.

Doch die größte Überraschung kommt nun. Meine lieben Lehrer haben extra für Schacke-Line und mich ein paar Liebeslieder eingeübt. Und sie haben sich als Liebesband verkleidet. Und das alles nur, um uns beiden eine Freude zu machen. Ist das nicht lieb von ihnen? Kann es denn tollere Lehrer auf der Welt geben als meine?!?

Ich hätte das den dreien früher nie zugetraut! Dass unser Direktor, der Killer-Miller, für mich ein Lied singt! Dass die heftige Englischlehrerin Runzheimer-Schimmel so freundlich sein kann! Dass der Rammelmeyer ein Musikinstrument spielen kann und nicht nur spaßbefreiter Deutschlehrer ist! Und dass sich alle drei für meine Schacke-Line und mich so ins Zeug legen! Oh wie toll!!! Wie man sich doch in Menschen täuschen kann!

Ja, ein wirkliches Wunder! Schacke-Line und ich! Endlich vereint!

Doch gerade als ich denke, es kann nicht mehr schöner werden, kommt mein liebster Freund, der Hansi, als Liebesgott Amor verkleidet. Als Gehilfen hat er unsere neuen Kumpels dabei, Kevin im Engelskostüm und Merlin als Liebesbärchen. Und sie haben für uns ein Liebesgedicht eingeübt! Was hab ich nur für wunderbare Freunde!

Oh, dieses seltsame Kribbeln im Bauch! Wie wundervoll! Die Welt ist völlig verdreht! Ich weiß nicht mehr, was ich denken soll! Kann das denn wirklich wahr sein?!?

Schacke-Line, meine liebe Schacke-Line! Und alle freuen sich für uns! ALLE!!!

Alle meine Wünsche sind erfüllt! Was kann es noch Schöneres geben? Wie kann dieses Glück noch wundervoller werden?

Ich schaue zum Himmel hinauf. Die Sonne lacht! Vereinzelt ziehen ein paar weiße, süße Wölckchen vorbei. Und dann stelle ich die Frage aller Fragen.

Ich warte auf die Worte meiner Schacke-Line! Ihre Stimme ist so lieblich! So zärtlich! So süß!

Ich halte ihre Hände fest umschlossen! Ich warte auf ihren einzigen Wunsch. Ich bin gespannt wie nie zuvor.

Alles, alles würde ich ihr erfüllen! Alles, wirklich alles! Alles, bis auf ...

KÜSS SIE! KÜSS SIE! KÜSS SIE!!!!!!!!!!!!!!!!!!
KÜSS MICH!!!

Hilfe! Nein! Oh Gott! Hilfe! HILFE!!! Hört mich denn keiner! Was soll ich nur tun! HILFEEEEEEE!!!!!!!! Bitte! Bitte! Bitte! Muss das denn wirklich sein! Oh nein! Bitte nicht! HILFEEEEEE!!!

Was war das denn bitte für ein schrecklicher Albtraum! Ich bin patschnass in meinem Bett gelegen! Was für ein Schock! Was für ein Graus! Mann, Mann, Mann!
So einen Albtraum würde ich echt nicht mal meinem schlimmsten Feind wünschen, also nicht mal Schacke-Line.

Anscheinend hab ich während des Albtraums sogar laut geschrien. Denn kurz danach ist meine Zimmertür aufgegangen …

Das kann echt nicht sein! Jetzt verfolgt mich meine übelst doofe Mitschülerin Schacke-Line sogar bis in den Schlaf! Der absolute Horror!

Wobei es fast genauso grausam ist, meine blöde kleine Schwester Veronika im Nachthemd sehen zu müssen! Vor drei Tagen hat Schacke-Line im Skilager meinen Erzfeind, den Kevin, geküsst. Seitdem sind ich und Kevin eine Leidensgemeinschaft, weil sie ja mich auch schon mal geküsst hat. Und deshalb haben ich und Kevin unseren Streit begraben und sind nun Freunde. Schließlich wissen wir, dass wir eine viel wichtigere Aufgabe haben, als uns gegenseitig zu bekämpfen. Und zwar den Kampf gegen Schacke-Line! Denn nur gemeinsam können wir es gegen dieses Küssmonster schaffen. Denn gemeinsam sind wir SAUSTARK!

Montag

Nach dem grausamen Albtraum letzte Nacht bin ich heute ziemlich platt in die Schule gegangen. Erster Schultag nach dem Skilager. Meine Lust hat sich echt in Grenzen gehalten. Und das wurde beim Blick auf den Stundenplan nicht besser.

Erste Stunde Deutsch beim Rammelmeyer, zweite Stunde Erdkunde beim Fritte, dritte Stunde Englisch bei der Runzheimer-Schimmel, also der Miss Runzel-Hex, und vierte Stunde dann Mathe.

An Mathe gibt es eigentlich nichts Gutes. Nur unsere Lehrerin ist da echt okay. Die ist zwar voll verplant und verrechnet sich andauernd, aber sonst ist sie gar nicht so übel, die Frau Lieblich. Die wirkt immer so, als würde sie uns alle am liebsten ständig in den Arm nehmen und drücken wollen, weil wir so süß und unbeholfen sind. Warum sie ausgerechnet Mathe unterrichtet, weiß ich nicht wirklich. Eigentlich hab ich früher immer gedacht, dass man als Mathelehrer Mathe richtig gut können muss. Aber bei der Frau Lieblich ist das irgendwie nicht der Fall.

Obwohl ich Mathe nicht wirklich verstehe, schreibe ich oft gar nicht so schlechte Noten. Deswegen mag mich die Frau Lieblich echt gern. Sie mag aber eigentlich auch alle anderen, nur mit dem Hansi kommt sie nicht so gut zurecht.

Aber dass sie den Hansi nicht mag, juckt mich nicht besonders, weil das ja Hansis Problem ist.
Bis Dezember hat die Frau Lieblich den Hansi übrigens noch gemocht. Doch dann hat es mal einen Tag gegeben, an dem es bei uns im Klassenzimmer total heiß war, weil die Heizung so stark gelaufen ist. Und weil sie geschwitzt hat, wollte sich die Frau Lieblich ihren Pullover ausziehen. Da der Hansi aber auch geschwitzt hat, hat er leider etwas gesagt, was die Frau Lieblich nicht so lustig gefunden hat.

Seit diesem Zeitpunkt ist der Hansi ungefähr fünfzehn Mal abgefragt worden. Das wäre an sich noch gar nicht so wild, wenn man nicht wissen würde, dass alle anderen in der Klasse in der gleichen Zeit nur maximal einmal abgefragt worden sind.

Na ja, da hat der Hansi wohl ein bisschen Pech. Weil eigentlich hat er das mit dem Ausziehen und so gar nicht böse gemeint, sondern er wollte halt einfach ein bisschen mehr Kälte im Zimmer haben.

Besonders genial ist die Frau Lieblich übrigens, weil sie immer mal wieder versucht, ihre Aussagen durch Sprichwörter zu verstärken. Da hat sie heute einen gigantischen Spruch rausgehaut, als sich Luis und Leon über eine Aufgabe beschwert haben.

Solche Sprüche bringt die Frau Lieblich übrigens am Fließband. Obwohl die ganze Klasse sich dann immer kaputtlacht, checkt sie meistens gar nicht, was falsch an ihrem Sprichwort war. Und wir würden es ihr dann auch nicht verraten. Wenn da nicht eine gewisse Mitschülerin wäre!

Ach ja, das hätte ich beinahe vergessen! Die Frau Lieblich mag neben dem Hansi noch jemand Zweiten aus der Klasse nicht: DIE SCHACKE-LINE!
Damit ist sie die einzige Lehrkraft an der Schule, die die Schacke-Line nicht mag. Und damit könnte sie für uns zu einer großen Hilfe bei unserem Kampf gegen die nervigste Mitschülerin aller Zeiten werden!

Dienstag

Heute hab ich mich nach der Schule mit Kevin, Merlin und Hansi getroffen. Wir wollten uns überlegen, was wir gegen Schacke-Line unternehmen werden. Allerdings gibt es natürlich nichts Schlimmeres, als mit leerem Magen denken zu müssen. Deswegen haben wir davor einen Stopp bei unserem Lieblings-Döner-Italiener gemacht. Da hat's gerade Spezialangebotswochen gegeben!

Bei solchen Angeboten haben wir uns natürlich überlegt, was im Schülerdöner wohl drin ist. Weil im Putendöner ist ja schließlich Pute und im Lammdöner Lamm. Also ist es ja wohl logisch, dass Luigi für seine

Sonderangebotswochen irgendwoher eine Lieferung Schüler und Rentner bekommen haben muss. Wahrscheinlich von der italienischen Mafia, weil Luigi ja eigentlich Italiener ist und weil die Mafia ja immer wieder mal irgendwen erschießt. Oder ersticht. Oder beides. Das haben wir uns zumindest gedacht.

Während wir den Döner gegessen haben, sind wir zu unserem neuen Hauptquartier gegangen. Kevin hat gesagt, seine Eltern haben eine kleine Hütte im Garten, die sie nicht brauchen. Und in der können wir uns ab sofort immer treffen. Na ja, als wir dort waren, haben wir allerdings unseren Augen nicht getraut!

Der absolute Wahnsinn! Das war keine Hütte, sondern ein Luxusbunker! Das Gartenhäuschen von Kevins Eltern ist fast so groß wie unser ganzes Haus! Und wir dürfen das als Hauptquartier nutzen! Wie geil ist das denn?!?

Aber das war noch lange nicht das Geilste. Denn als wir unser Hauptquartier betreten haben, haben wir uns überhaupt nicht mehr eingekriegt. Das war wie in einem Luxushotel!

Eigene Riesenglotze, eigenes Riesensofa, eigenes Soundsystem – puh, da kann man es sich richtig gut gehen lassen! Ich denke, in Kevins Luxusgartenhaus werden wir viel Spaß haben!

Ach ja, Kevin hat mir übrigens versprochen, nie wieder „lol" oder „lollig" zu sagen. Er hat es kapiert, dass das echt kindergartenmäßig ist. Wobei er wegen mir ab sofort alle Kindergartenwörter benutzen darf, die er will. Hauptsache, wir dürfen immer in seinen Luxusbunker!

Es ist zwar schwer zu glauben, aber der absolute Oberhammer ist erst noch gekommen! Denn wir haben gerade voll auf dem Sofa gechillt, da ist die Tür zur Key-Basis aufgegangen, und ein Engel ist erschienen!

Die schönste Mutter der Welt hat uns kurz darauf leckere Fruchtcocktails gebracht. Was für eine Hammerfrau! Also ich finde, die Freundschaft mit Kevin hat durchaus Vorteile!

Und dann haben wir angefangen zu überlegen, was wir mit Schacke-Line machen könnten. Und weil wir gerade dabei waren, haben wir uns natürlich auch was Tolles für unsere Lehrer ausgedacht.

Und so hat an diesem Nachmittag unter dem Code „Küssmonster" unsere groß angelegte Aktion gegen Schacke-Line und nervige Lehrer begonnen. Das wurde aber auch Zeit!

Mittwoch

Gut vorbereitet wie selten zuvor haben wir vier heute unsere erste Küssmonster-Aktion durchgeführt. Als Hauptgegenstand für unsere Aktion haben wir unsere alte Kreidetafel im Klassenzimmer gewählt. Die müssen wir noch ausnutzen, denn bald wird sie durch so ein modernes Elektro-Beamer-Tafel-Dings ersetzt, hat der Rammelmeyer uns gestern gesagt.

Eine Kreidetafel bietet eine gigantische Zahl an Möglichkeiten. Den Plan für unsere Aktion hab ich übrigens schon in meinem „Wer-Kreidetafeln-nur-zum-Schreiben-nimmt-ist-übelst-langweilig-Tipp" entwickelt. Das ist mein Tipp Nummer 97, und der steht wie alle meine anderen Tipps in meinem sensationellen Ratgeber. Der wird ganz sicher bald als Buch erscheinen.

Da wir ja jetzt ein Viererteam sind, haben wir die Aufgaben verteilen können. Wir sind heute früher als alle anderen im Klassenzimmer gewesen und sind nach folgendem Einsatzplan vorgegangen:

Einsatzplan Kussmonster – Aktion I

Wir vier haben nun in unseren Einsatzbereichen begonnen, blitzschnell und exakt nach Plan unsere Aktion anlaufen zu lassen. Es hat unbedingt alles fertig sein müssen, bevor unsere Klassenkameraden gekommen sind!

Mein Einsatzbereich „Tafel"

Ich habe einen Liter Zitronensaft mitgebracht. Mit diesem habe ich nun großflächig die Tafel eingeschmiert. Es hat gerochen wie der Klostein meiner Fleischer-Oma.

Kevins Einsatzbereich „Tafelschwamm"

Zeitgleich hat der Kevin in den Tafelschwamm Flüssighonig hineinlaufen lassen. Er hat danach erzählt, dass es echt unglaublich ist, wie viel Honig so ein Schwamm in sich aufsaugen kann. Faszinierend!

Hansis Einsatzbereich „Tageslichtprojektor"

Eigentlich hätte ich auch gerne Hansis Aufgabe gemacht. Denn das ist echt eine geniale Sache. Der Hansi hat ein Stück eines anderen Tafelschwamms direkt in den

Tageslichtprojektor neben die Glühbirne gelegt. Natürlich hat er den Deckel danach wieder geschlossen, damit keiner Verdacht schöpft.

Merlins Einsatzbereich „Kreiden"

Den Babyeinsatzbereich hat der Merlin bekommen. Aber dem wollten wir noch nichts Schwieriges machen lassen. Schließlich war der Merlin bis vor wenigen Wochen noch echt langweilig und unlustig. Also muss er sich erst langsam an sein neues Leben als cooler Schüler gewöhnen. Deswegen hat er nur sämtliche Kreiden in einen Kübel voll Wasser einlegen und danach zur Tafel bringen müssen. Ein idiotensicherer Job!

Nachdem wir unseren jeweiligen Einsatzbereich erledigt hatten, haben wir natürlich noch die Tatgegenstände präparieren müssen. Denn die Lehrer stehen ja manchmal auf der Leitung, bis sie checken, wer der Schuldige an solchen üblen Streichen ist. Da muss man ihnen schon kleine Hilfestellungen geben!

Die Tatgegenstände haben wir sauber in „Schacke-Lines-Streiche-Kiste" gelegt, um sie dann im richtigen Moment unter der Bank des Küssmonsters zu verstecken.
Die Kiste hat die Schacke-Line natürlich nicht selbst gemacht, die haben wir vorsichtshalber schon mal für sie vorbereitet.

Genau als wir mit unseren Vorbereitungen für Tipp 97 fertig waren, sind die ersten unserer Mitschüler eingetroffen. Denn wir haben voller Vorfreude auf die erste Stunde warten können. Und wir hatten in der ersten Stunde wieder mal den idealen Lehrer für unseren Plan!

Der Fritte hat zum Glück unsere witzigen Sätze nicht verstanden. Aber er hat sich gefreut, dass wir heute so glücklich und aufmerksam bei ihm im Unterricht sind. Da hat er uns dann gleich mal was zu Finnland gefragt.

Und Schacke-Lines Streberantwort wollte er dann gleich mal an die Tafel schreiben. Nun würde es sich zeigen, ob wir alle unsere Einsatzbereiche ordentlich erledigt haben. Aber der Merlin hat seine Sache echt richtig gut gemacht!

Natürlich ist der Fritte lieber selbst zum Kreideholen gegangen. Und zwar, wie immer, 6 Minuten und 37 Sekunden. Stolz hat er die neuen, trockenen Kreiden aus der Schachtel genommen. Hat uns ein erfreutes Lächeln zugeworfen. Hat sich in froher Erwartung zur Tafel umgedreht. Und ... hat gemerkt, dass eine mit Zitronensaft eingeschmierte Tafel nicht beschreibbar ist. Da hätte er sich den Weg zum Kreideholen wohl sparen können.

Glücklicherweise ist uns dann auch noch der Zufall zu Hilfe gekommen. Denn Schacke-Line hat den Fritte auf eine geniale Idee gebracht! Besser hätten wir das gar nicht einfädeln können! Und darüber hinaus hat sie sich damit äußerst verdächtig gemacht!

Und was macht der Fritte?!? Der hört auch noch auf die Schacke-Line! Wie geil ist das denn! Er nimmt energisch den Schwamm, will ihn gerade an der Tafel ansetzen, drückt ihn fest zusammen, als er die gute Arbeit Kevins erkennt! Der Honig läuft ihm über sein Handgelenk. Voll Schreck und angeekelt pfeffert er den Schwamm in die Klasse. Und, na ja, wie soll man sagen, der Zufall hat uns auch hier wieder geholfen!!!

Er hat die Schacke-Line wirklich nicht treffen wollen, er wollte nur den Schwamm wegwerfen. Aber er hat doch keine Falsche getroffen, find ich!

Und dann haben sich der Fritte und die Schacke-Line erst mal ein paar Minuten unter dem Wasserhahn gewaschen. Danach ist uns zum dritten Mal an diesem Tag das Schicksal mehr als genial zu Hilfe gekommen.

Ich meine, die Schacke-Line hätte den Fritte da echt nicht so drauf hinweisen müssen. Vielleicht wär er ja auch selber draufgekommen! Aber so war's natürlich noch viel genialer! Denn sie hat ihn damit zum zweiten Mal zu etwas aufgefordert, was direkt danach zu einer Katastrophe geführt hat. Ja, du Küssmonster, da hast du dir mal sauber zwei Eigentore geschossen!
Der Fritte hat natürlich sofort auf die Schacke-Line gehört, den Tageslichtprojektor eingeschaltet, eine Folie

draufgelegt, zu schreiben begonnen, und dann ist Hansis Werk gigantisch genial zur Geltung gekommen. Weil nämlich ein Schwamm, der eine gewisse Zeit neben einer heißen Glühbirne liegt, irgendwann zu glimmen und gewaltig zu rauchen anfängt.

Der Fritte und die Schacke-Line haben dann völlig hysterisch reagiert. Die haben doch tatsächlich die zwei Papierkörbe genommen, haben sie voll Wasser laufen lassen und haben das dann in den Tageslichtprojektor reingekippt! Hat echt eine ganz schöne Sauerei gegeben. Aber der Fritte hat sich von der Hilfsbereitschaft Schacke-Lines nicht täuschen lassen. Er ist halt doch ein echt schlauer Lehrer, gell!

Diesen sensationellen Verdacht haben wir jetzt noch zum krönenden Abschluss führen können. Weil wir die allgemeine Verwirrung natürlich ausgenutzt haben, um „Schacke-Lines-Streiche-Kiste" perfekt unter Schacke-Lines Bank zu verstecken. Und weil Merlin ja der vertrauenswürdigste Schüler unserer Klasse ist, hat er den Fritte darauf hinweisen dürfen!

Ich würde sagen: Tipp 97, du bist absolut genial! SAUSTARK! Und du, Küssmonster, du hast endlich mal gemerkt, was wir vier Jungs alles draufhaben! Und das Schöne daran ist: DAS WAR ERST DER ANFANG!!!!!!!!!!!!!!

Donnerstag

Heute hab ich mich auf einen wirklich gechillten Schultag gefreut. Unser Tipp 97 gestern war doch ziemlich nervenaufreibend. Deshalb ist es gut, dass wir heute ganz viele unstressige Fächer hatten.

Besonders unstressig ist im Moment Geschichte. Da erzählt uns der Herr Glas immer coole Geschichten aus dem Mittelalter. Letztes Jahr hab ich Geschichte echt langweilig gefunden.

Ich finde nämlich, dass es eigentlich ein bisschen doof ist, sich mit lauter Menschen zu beschäftigen, die schon seit Tausenden von Jahren tot sind und aus Ägypten, Athen oder Rom kommen. Das Einzige, was einigermaßen okay war, waren die Ermordung vom Cäsar und die Christen als lebendige brennende Menschenfackeln vor Rom.
Aber heuer ist Geschichte echt viel cooler. Da gibt's nämlich ständig irgendwelche spektakulären Gemetzel oder Massensterben. Zum Beispiel metzeln da Hunderte von Kreuzrittern Tausende von armen Jerusalemianern. Oder

Tausende von Spaniern erschießen Hunderttausende von noch ärmeren Indianern oder stecken sie mit Schnupfen an, wodurch die dann auch massenhaft sterben. Oder die übelst heftige Seuche, die Pest, bringt lockerflockig mal ein paar Millionen von Mittelaltereuropäern um. So macht Geschichte Spaß, find ich! Da kann man sich wenigstens was drunter vorstellen. Endsgenial find ich auch den Umgang der Christen mit den Frauen im Mittelalter. Der Herr Glas beschreibt das ungefähr so:

Und der Glas hat auch erzählt, dass man dann als angeklagte Hexe eine ziemlich unchillige Überlebenschance hatte. Die ging nämlich so gegen null! Da hab ich mir gleich mal vorgestellt, was ich damals für ein toller Hexenverfolger gewesen wäre:

Mir wär da als Richter einfach keine andere Wahl geblieben, als die beiden auf dem Scheiterhaufen zu verbrennen. Schließlich haben die ja gelogen. Aber vielleicht hätte ich ihnen noch mal eine zweite Chance gegeben.

Weil eigentlich soll man ja Leute, die man kennt, nicht sofort verurteilen. Ich glaub, ich wär da echt fair zu denen gewesen:

Danach hätte ich als Richter also meine Pflicht bereits erledigt gehabt. Meine Gehilfen hätten dann gemütlich ein kleines Feuerchen gemacht.

Aber leider ist das Mittelalter schon eine Ewigkeit vorbei. Und ehrlich gesagt würd ich die Runzel-Hex und die Schacke-Line ja auch niemals wirklich verbrennen, weil's ohne die ja irgendwie auch langweilig wär. Und ich glaub, Verbrennen war echt nicht besonders angenehm. Da bleib ich lieber beim Streichespielen.

Außerdem hab ich eh gerade eine deutlich bessere Position wie Schacke-Line. Weil die ja schließlich gestern mit ihren doofen Tafel-Streichen ziemlich viel Mist gebaut hat. Aber leider haben wir noch nicht herausgekriegt, was der Killer-Miller ihr als Strafe aufgebrummt hat.
Auf jeden Fall hat der Herr Glas am Stundenende angekündigt, dass es bald mal einen Mittelalter-Projekttag an der Schule geben wird.

Da bin ich mal gespannt, was bei diesem Projekt rauskommt. Ich finde ja eigentlich, dass wir Schüler mit dem normalen Schulalltag schon so überlastet sind, dass wir auf keinen Fall etwas Zusätzliches machen sollten. Aber vielleicht wird's ja gar nicht so schlimm. Oder wir können den Tag vielleicht sogar für unseren Kampf gegen das Küssmonster verwenden. Schau ma mal!!!

FEBRUAR

Samstag

Seit Weihnachten hab ich mich auf diesen Tag gefreut. Da hab ich nämlich von meinem Opa vier Karten für das Bayern-Spiel gegen den FC Augsburg in der ALLianz Arena geschenkt bekommen. Und heute war's endlich so weit! Blöd ist nur, dass mich meine Mutter bei der Verteilung meiner vier Karten unter Druck gesetzt hat. Eine Frechheit! Das war schließlich mein Geschenk!!!

Bitte WAS?!? DIE FLEISCHER-OMA?!? Das kann doch nicht Mamas Ernst sein. Okay, dass ich den Opa mitnehmen muss, passt scho! Schließlich hat er mir die Karten geschenkt und hat ein Auto und ist Bayern-Fan und hat damit Ahnung vom Fußball! Aber doch nicht die Fleischer-Oma!!!

Meine Mutter hat mir das übrigens folgendermaßen erklärt:

Na super, mit der Oma ins Stadion! Ich glaub, meine Oma hat vor diesem Tag noch nicht mal gewusst, was Fußball überhaupt ist. Und es ist echt nicht besser geworden, als sie gekommen ist.

Kann es denn irgendetwas Schlimmeres geben?!? Da hab ich schon mal Karten für die Allianz Arena, und dann muss ich mit einer Person fahren, der es egal ist, ob sie ein Bayern- oder ein Dortmund-Trikot anhat!!!
Na ja, ich hoff einfach mal, dass der Hansi und der Opa sich wenigstens normal verhalten. Zumindest der Start mit den beiden war okay!!!

Hansi und mein Opa haben mich dann schon wieder mehr mit Vorfreude auf das Spiel schauen lassen. Die beiden haben ja schließlich Ahnung vom Fußball. Und der Opa war dann auch überhaupt nicht begeistert, als er gecheckt hat, dass die Fleischer-Oma mit uns mitfährt. Denn der mag die ja eigentlich gar nicht.
Kaum sind wir im Auto gesessen, hat Oma bewiesen, dass der Fußball-Ausflug noch viel heftiger wird, als wir uns das überhaupt vorstellen konnten.

Gefühlte 23 alte deutsche Volkslieder später sind wir dann auf die Autobahn gekommen. Da der Opa da schneller fahren hat dürfen, ist das Auto auch deutlich lauter geworden. Deswegen hat die Oma angefangen, noch mal deutlich lauter zu singen.

Und dann ist auf einmal ein Auto voller Augsburg-Fans neben uns gefahren. Ich und der Hansi haben die dann gleich mal so begrüßt, wie es sich für die Fans des

Gegners gehört. Natürlich ohne dass uns die Oma dabei gesehen hat. Die hat nur die Antwort der Augsburg-Fans gesehen.

Die Oma hat danach mal wieder gezeigt, dass sie eine verschwindend geringe Ahnung von der normalen Welt hat. Echt faszinierend! Das Wort „Nullchecker" wär für die Oma noch ein Lob. Das Tolle daran ist aber, dass wir das ausnützen können.

So ist die Hinfahrt also wenigstens noch ein bisschen lustig geworden. Und dann waren wir auch schon dort vor dem genialsten Fußballtempel der Welt. Wie ein knallrotes Gummiboot hat die Allianz Arena da herausgeleuchtet. Und natürlich haben ich und Hansi dort mal ein Selfie von uns machen müssen, bevor wir da reingegangen sind. Schließlich wollten wir ja am Montag was Geiles in der Schule zeigen.

Typisch war dann mal wieder, dass Opa und Oma auch mit auf das Bild wollten. Obwohl die nicht mal gewusst haben, dass ein Selfie ein Selbstfoto mit dem Handy ist. Also ist da echt ein übelst schlimmes Foto rausgekommen. Das kann ich niemals einem Menschen zeigen!

Auf dem Parkplatz vor der Allianz Arena stehen übrigens lauter überdimensionale Wattestäbchen rum. Keine Ahnung warum, aber die tun das. Ich glaub, die sollen anzeigen, wo welcher Parkhausplatz ist oder wo's Karten gibt. Aber auf jeden Fall wären die Teile echt genial für die Oma daheim!

Die Allianz Arena ist schon echt ein gigantisches Stadion. Als wir da hinspaziert sind, hab ich voll die Gänsehaut bekommen. Bei der Einlasskontrolle aber wär ich schon wieder am liebsten im Boden versunken.

Nach der Einlasskontrolle hat es dann auch noch Geschenke für alle gegeben, und zwar zwei so aufblasbare Lärmsticks. Die haut man gegeneinander, und dann macht's voll die nervigen dumpfen Schläge. Ich hab da von Anfang an kein gutes Gefühl bei der Sache gehabt. Und als wir dann endlich auf unseren Plätzen waren, sind meine schlimmen Befürchtungen wahr geworden.

Die Fleischer-Oma hat tatsächlich die komplette FC-Bayern-Hymne lang DONG DONG DONG gemacht. Wie respektlos ist das denn?!?

Den Opa hat das aber auch genervt, und deswegen hat er der Oma gesagt, dass sie sich gefälligst umdrehen soll, weil die Spieler reinkommen. Und dass sie die Spieler gscheit begrüßen soll. Und das hat sie dann auch wirklich gemacht. Aber …

Ist ja klar, dass das Dortmund-Trikot, das meine Fleischer-Oma angehabt hat, zusätzlich auch nicht unbedingt hilfreich war. Und so hat sie bei unseren Sitznachbarn dann doch ein bisschen Unmut hervorgerufen. Die waren das wahrscheinlich nicht gerade gewohnt, dass eine alte Oma mit Dortmund-Trikot den Bayern-Spielern den Stinkefinger zeigt.

Na ja, wie auch immer! Die Typen haben echt nicht gerade sehr freundlich ausgeschaut. Und nachdem sie schon ziemlich grantig waren, wäre wohl eine Entschuldigung die beste Entscheidung gewesen. Und natürlich danach einfach mal die Klappe halten. Und vielleicht noch das doofe Dortmund-Trikot ausziehen. Ja, das wäre wohl das Beste gewesen. Normalerweise zumindest. Aber da haben die beiden meine Oma gewaltig unterschätzt.

Nachdem die Sache jetzt geklärt war und zwischen meiner Oma und den Bayern-Fans eine Art Waffenstillstand geherrscht hat, hab ich aber eine komische Entdeckung gemacht. Auf der anderen Seite von uns sind

Augsburger Fans gesessen. Und bisher hab ich immer gedacht, dass Augsburger auch Bayern sind. Aber irgendwie haben die da schon ein bisschen anders gesprochen.

Ich hab immer gedacht, das heißt Aug-s-burg und nicht Aug-SCH-burg! Meine Oma hat gesagt, dass diese Aug-SCH-burger gesagt haben, dass man vom Hudeln greisliche Kinder kriegt! Aber verstanden hab ich das dann irgendwie genauso wenig!

Na ja, zum Glück hat das Spiel dann endlich anfangen können. Unglaublich, was da im Stadion für eine Stimmung drin war. Eine La-Ola-Welle nach der anderen und ständig irgendwelche Anfeuerungsgesänge. Nur die Fleischer-Oma hat davon nicht so viel mitgekriegt. Aber Spaß hatte sie trotzdem irgendwie.

Weil die Bayern so gut gespielt haben und der FC Aug-SCH-burg sich so gut gewehrt hat, waren wir drei Männer irgendwann so gefesselt vom Spiel, dass wir die

Dong-Dong-Oma völlig vergessen haben. Auch ihre unglaublich sinnvollen Fragen haben wir einfach mal ignoriert. Aber die besten fünf Fragen von ihr hab ich mir trotzdem gemerkt, auch wenn sie keine Antwort darauf bekommen hat:

Die top fünf der Fußball-Fach-Fragen meiner Oma

Kurz vor Schluss hat's dann tatsächlich 2:2 geheißen. War echt ein Wahnsinnsspiel. Bayern hat Vollgas gegeben, aber die Aug-SCH-burger haben sensationell verteidigt und gekontert. Aber dann ist zum Glück in der letzten Minute die Erlösung gekommen.

So ist das dann doch noch ein toller Fußballnachmittag geworden mit einem verdienten 3:2-Sieg der Bayern. Aber die Aug-SCH-burger haben richtig gut mitgehalten, für das, dass bei denen die ganze Mannschaft so viel kostet wie ein Bayern-Spieler.

Aber nächstes Mal nehmen wir die Dong-Dong-Oma nicht mehr mit! GARANTIERT!!!!!!!!!

Montag

Chillig ohne Ende hat dieser Montag nach dem genialen Spiel in der Allianz Arena angefangen. Kein Lehrer hat Stress gemacht. Kein Lehrer hat abgefragt. Kein Wort von Schacke-Line.

Es ist eh voll krass, dass unser Tipp 97, den wir der Schacke-Line in die Schuhe geschoben haben, so übelst gut geklappt hat. Bis jetzt haben wir da nichts mehr darüber von den Lehrern gehört. Und auch die Schacke-Line ist seitdem voll ruhig. Wahrscheinlich weil sie der Killer-Miller übelst fertiggemacht hat.

In der Pause ist mir aber was echt Heftiges passiert.

Lilli Matzinger!

Oh Mann, war das krass! Lilli hat einfach zufällig vor mir ihre Schulsachen fallen lassen. Puh, die hat mich sogar beim Aufheben noch süß ausgeschaut.
Jeder kennt in unserer Klasse Lilli Matzinger. Jeder!!!
Das ist DIE Achtklässlerin. Die ist so cool, die braucht keine Eiswürfel, die IST ein lebendiger Eiswürfel.
Ein Eiswürfel mit wunderschönen Augen, wunderschönen Beinen, wunderschönem Lächeln, wunderschönen Haaren, wunderschönen Ohren, wundersch... na ja, wunderschön halt einfach!

Ich hab ihr dann alle ihre Sachen aufheben dürfen. Und sie ist die ganze Zeit neben mir gestanden. Und sie hat mich dabei beobachtet. Ich habe sofort gemerkt, dass sie dabei mehr für mich gefühlt hat.
Erst recht, als ich ihr die Sachen wiedergegeben habe.

Und dann ist es passiert. Ein Moment, der mir jetzt noch einen kalten Schauer über den Rücken laufen lässt. Diese wunderschöne Frau, diese zuckersüße Achtklässlerin, dieser strahlende Stern am stockdunklen Schulhorizont hat es einfach getan.

SIE HAT MIR ZUGEZWINKERT!!!

Sofort habe ich fieberhaft überlegt, was ich nun am besten antworten könnte.

Möglichkeit A:

Gigantisch gut wäre auch das gewesen:

Möglichkeit B:

Die sensationeLLste aLLer Möglichkeiten war aber diese hier:

Die absolute Burner-Möglichkeit C:

Keine Frage, alle diese Möglichkeiten wären wirklich gut gewesen. Aber ich hab mich dann doch für die Möglichkeit D entschieden!

Die durchgeführte Möglichkeit D:

Na ja, irgendwie war das nicht gerade die optimale Möglichkeit. Da stand das D bei „Möglichkeit D" wohl eher für Depp! Für Seppi-Deppi!

Hätte ich doch die Burner-Möglichkeit genommen. Die hätte bestimmt geklappt! Jetzt war's zu spät! Im Nachhinein ist man immer schlauer!
ABER trotz allem: LILLI hat mir zugezwinkert! Mir, einem Siebtklassler! Mir, Seppi Hinterholzer! Und auf dem lässt sich schon mal aufbauen, find ich!

Dienstag

Es war mal wieder Zeit, dass wir uns in der Key-Basis, also dem endsgenialen Luxusbunker Kevins, treffen. Denn schließlich haben wir uns ja eine neue Aktion gegen das Küssmonster Schacke-Line ausdenken müssen. Übermorgen ist nämlich Unsinniger Donnerstag oder Weiberfasching, und da müssen wir ihr so richtig eine Strafe mitgeben.

Unser letzter Schlag gegen das Küssmonster war der volle Hammer! Wir sind echt nicht erwischt worden, und Schacke-Line ist seitdem voll ruhig und zurückgezogen. Aber von diesem kleinen Sieg dürfen wir uns jetzt nicht täuschen lassen. Vor so einer Selbstzufriedenheit hat mich meine Oma auch schon früher immer gewarnt!

Und deswegen haben wir gleich begonnen, uns geniale neue Ideen auszudenken.

Aus irgendeinem Grund haben mich die anderen drei voll komisch angeschaut. Keine Ahnung warum! Aber auf jeden Fall hab ich versucht, bei meiner genialen Idee noch einen draufzusetzen.

Die anderen drei haben meine tollen Ideen überhaupt nicht toll gefunden. Die haben nicht mal darüber gelacht! Wo war denn das Problem? Die denken wohl, dass nur ihre Vorschläge gut sind, oder was?!?

Also das ist jetzt echt zu weit gegangen. Was gab's denn da auszusetzen? Wo war das Problem?!? Schultasche verstecken ist doch toll! Heimlich kichern ist doch to...

Mir ist es wie Tomaten von den Augen gefallen: ICH HAB MEINE GENIALITÄT VERLOREN!!! Meine Vorschläge waren unterirdisch übelst schlecht!
Und das Schlimme daran: Ich hab's selbst gar nicht gecheckt! Und das Allerschlimmste daran: Ich hab keine Ahnung, warum meine Ideen plötzlich so übelst schlecht sind! Wie konnte es zu so einer Katastrophe kommen?

Katastrophenszenario 1 – Omas Watschen

Kleine Schläge auf den Hinterkopf erhöhen doch nicht das Denkvermögen, und durch die Watschen, die ich von der Oma in den letzten Jahren bekommen habe, setzen meine Hirnfunktionen allmählich aus.

Katastrophenszenario 2 – Fremdsteuerung

Meine doofe Schwester Vroni hat mir im Schlaf einen Chip in meinen Kopf eingesetzt und steuert mich jetzt von irgendwo mit einer Fernbedienung, ohne dass ich das merke!

Katastrophenszenario 3 – Alieninvasion

Kleine grüne Marsmännchen haben eine Weltraumstation in meinem Kopf aufgemacht, setzen sämtliche Hirnfunktionen außer Kraft und machen da jetzt eine wilde Party!

Das ultimative HORRORszenario – LIEBE

ICH BIN VERLIEBT!!!!

Oh Mann, was für eine grausame Vorstellung! Könnte dieses Horrorszenario echt der Grund sein, dass ich keine sinnvollen Einfälle mehr habe?!?

Nein! Das kann nicht sein! Das darf nicht sein!!!

Katastrophenszenario 2 kann auch nicht sein, weil Vroni viel zu unschlau für so einen Plan ist! Deswegen gehe ich davon aus, dass entweder das Katastrophenszenario 1 oder das Katastrophenszenario 3 zutreffen. Aber am wahrscheinlichsten ist wohl wirklich das mit den Aliens. Auf jeden Fall hab ich heut die Jungs mal ohne mich weiterplanen lassen. Die werden bis übermorgen schon was Sensationelles zusammenbringen. Und dann geht es mir bestimmt wieder besser. Aber ich muss jetzt echt erst mal ein bisschen chillen zum Runterkommen nach diesem Riesenschock!

Unsinniger Donnerstag

Das absolut Nervigste am Fasching ist dieses doofe Verkleiden. Was bringt das denn?!? Es würde doch allen reichen, wenn wir coole Lieder hören, feiern und – am allerwichtigsten – keinen Unterricht machen!
Aber bei uns in der Klasse sind genügend Dumpfbacken, die sich am Unsinnigen Donnerstag voll verkleiden. Und das Schlimmste: Einige Lehrer machen da auch noch mit!

Top drei der peinlichsten Verkleidungen

Platz 3: Leon, Luis und Merlin als Biene Maja, Willi und Flip, die Heuschrecke

Platz 2: Schacke-Line als Bauchtänzerin

Platz 1: Die übelstpeinlichen Lehrer Lieblich, Runzheimer-Schimmel und Fritte als Mathe-Krokodil, Erdkunde-Obelix und Englisch-Bunny

Es ist schon mehr als verwunderlich, dass sich Lehrer immer wieder auf so ein Niveau sinken lassen. Vor allem von der Miss Runzel-Hex hätte ich das nie gedacht! Also wirklich der einzige Lehrer, der wenigstens noch einigermaßen cool ausgeschaut hat, war der Herr Glas als Mafiagangster:

Na ja, da war meine einzige Hoffnung, dass sich die Jungs wenigstens was Sinnvolles für Schacke-Line ausgedacht haben. Gespannt hab ich dann von der ersten Stunde weg auf deren Aktion gewartet.

Die erste Stunde in Geschichte beim Glas ist NIX passiert. Die zweite Stunde in Mathe bei der Lieblich ist NIX passiert.

Deswegen hab ich in der Pause unbedingt mal nachfragen müssen.

Das war ja mal wieder klar! Wenn ich nicht dabei bin, verlieren sie sofort das Ziel aus den Augen. Diese Pfeifen! Man kann sich nicht vorstellen, wie sauer ich da gerade war! Kurz vorm Explodieren!!!!!!!!!!

Und das musste ich ihnen jetzt auch sagen. Wie konnten die nur so versagen?!? Muss ich denn alles allein machen?!? Wie unfähig können Menschen denn sein?!? Da platzte es einfach aus mir heraus!!!!

Ich finde, die Jungs hatten echt eine zweite Chance verdient. Eigentlich haben sie sich ja durchaus bemüht! Aber ich bin dann lieber mal gegangen, nicht dass die mir noch komische Fragen stellen!

Rußiger Freitag

Was für ein Schock!!

Ich bin heute ganz locker in die Schule gegangen. In meinen Jackentaschen hatte ich fünf Weinkorken und ein Feuerzeug. Und ich hab mich auf einen übelst genialen Rußigen Freitag gefreut, bei dem ich ganz viele Leute schwarz anmalen darf.

Doch dann hat der Hansi ALLES kaputt gemacht!

Was ist denn der Hansi für ein Depp?!? Das hätte er mir doch wohl gestern auch schon sagen können. Dann hätte ich mich geistig darauf vorbereiten können.

Aber jetzt, jetzt, jetzt ... ist die Kacke echt am Dampfen! Denn trotz meiner übelst großen, ach was sag ich, meiner endsübelst riesiggewaltigen Intelligenz hab ich's das letzte halbe Jahr nicht so wirklich geschafft, meine endsübelst riesiggewaltige Intelligenz auch in die entsprechenden Noten zu bringen. Weil: Ich hab mich immer unterfordert gefühlt!
Welcher Depp hat eigentlich das Zeugnis erfunden?
Wie kann es ein Lehrer wagen, über meine Talente zu entscheiden und Noten dafür zu geben?
Ich glaube, das Zeugnis gibt es nur, weil die Lehrer Spaß dran haben, Schülern schlimmstmögliche Qualen anzutun.

Seppis Knigge
Heute: Die top drei der Gründe, warum es lebensgefährlich ist, ein Zeugnis mit nach Hause zu bringen!

3. Platz: Meine Fleischer-Oma hat ihre Brille vergessen!

2. Platz: Meine doofe Schwester hat auch ein Zeugnis bekommen!

1. Platz: Weil die Fleischer-Oma ihre Brille vergessen hat und ich mein Zeugnis nicht mit Vroni vergleichen will, muss Papa allen meine Bemerkung und meine Noten vorlesen!

FOLGE 1:

Die Männerreaktion!

FOLGE 11:

Die Frauenreaktion

Ich muss sagen, die Aussicht darauf, was passiert, wenn ich das Zeugnis heimbringe, ist nicht gerade berauschend. Ich hab dann auch überhaupt keine Lust mehr gehabt, irgendjemanden mit meinen Korken anzuschmieren. Eigentlich ...

Denn als ich mit den drei Jungs auf dem Pausenhof war, haben wir uns doch nicht zurückhalten können.

Natürlich haben wir die Korken noch mal schnell „nachrußen" müssen. Denn wenn, dann sollten sie schon richtig schwarz machen.

Und dann hat nur noch unser auserwähltes Opfer vorbeilaufen müssen. Es war ja klar, dass wir uns zunächst auf Schacke-Line stürzen würden. Aber die war wieder mal so seltsam! Sie ist echt überhaupt nicht wiederzuerkennen seit ihren unverschämten Streichen in der Fritte-Stunde. Sie ist überhaupt nicht mehr freundlich zu uns: Die grüßt uns überhaupt nicht mehr wirklich. Und ich glaube sogar, die ist überhaupt nicht mehr verliebt in mich oder in Kevin. Also irgendwas gefällt mir da gar nicht. Sehr komisch! Aber egal ...

Na ja, richtig Spaß hat das Anmalen vom Küssmonster nicht gemacht. Aber wir haben dann die Korken gleich noch mal „nachgerußt" und haben nach freiwilligen Lehrern gesucht. Die meisten von denen waren aber endsunchillig. Nur unsere Mathelehrerin, die Lieblich, hat sich nicht geweigert!

Sensationell, wie verplant die Lieblich immer ist. Aber dann war der Spaß für uns auch schon vorbei. Weil der Rammelmeyer hat nach der Pause die Zeugnisse ausgegeben. Und dabei ist er seinem Spitznamen Panik-Franz wieder mal mehr als gerecht geworden.

Puh, der Panik-Franz hat sich ja mal völlig danebenbenommen heute! Der hat überhaupt kein Gefühl für uns Jugendliche! Wir sind schließlich übelst sensibel und können mit so harter Kritik nicht umgehen. Zum Glück haben wir nächste Woche Faschingsferien!

So kann ich mich wenigstens eine Woche von diesem schrecklichen Erlebnis erholen! Und ich kann eine Woche lang versuchen, meinen Vater unauffällig mein Zwischenzeugnis unterschreiben zu lassen. Ohne dass es Mama mitkriegt. Das könnte schon klappen!

Irgendwie ...

Faschingssonntag

Bei uns ist am Faschingssonntag nachmittags immer eine Riesenparty auf dem Platz vor der Kirche. Da kommt wirklich jeder hin!

Warum das ausgerechnet bei der Kirche sein muss, weiß ich nicht so genau. Weil ja unser Herr Pfarrer nicht unbedingt der größte geistliche Scherzkeks ist. Der geht zum Lachen in den Beichtstuhl, sagt mein Papa immer. Aber irgendwie ist die Faschingsparty für den Pfarrer okay. Für die Party bauen dann die größeren Jugendlichen auf dem Platz eine Bühne auf und geben dem Ganzen ein Motto. Und dann lassen die den ganzen Nachmittag Ballermannmusik laufen und fahren mit einem Faschingswagen durch den Ort und machen dann noch Auftritte auf der Bühne.

Ich und Hansi finden Fasching eigentlich schon okay, nur das doofe Verkleiden geht uns auf den Keks. Aber weil alle, die da hingehen, verkleidet sind, müssen wir uns auch verkleiden. Hat meine Mutter gesagt.

Das Thema war übrigens heuer „Horrorshow". Da ist mir und Hansi dann doch eine gute Verkleidung eingefallen. Wir haben das Grusligste gefunden, was man sich nur vorstellen kann!

Kaum waren wir dort, ist dann die Bühnenshow voll losgegangen. Da moderiert übrigens der Hausnerbauern-Lenz, das ist doch der Biobauer, der bei mir immer Nikolaus gemacht hat. Und der hat den Süßmayr-Ignaz, der war früher der Krampus, dann vor allen Leuten Mehlwürmer essen lassen. Das hat der machen müssen, weil er ja der Vorstand vom Sportverein ist. Das war echt Vollgas eklig – also einfach hammergeil!

Weil meine Mama ja Vorsitzende vom Trachtenverein ist, hat sie auch eine Gruselaufgabe lösen müssen. Sie musste aus einer Schüssel mit Götterspeise lauter kleine Skelette fischen. Und das alles mit dem Mund! Das war dann natürlich noch hammergeiler!

Aber so richtig gruslig ist's erst danach geworden. Das war so endseklig und grässlich und heftig und abartig und … mir fehlen echt die Worte, um das zu beschreiben, was da passiert ist!
Denn da ist unsere Kindergarde aufgetreten. Mit Vroni als Tanzmariechen.

Das kann man echt nicht machen, Vroni als Tanzmariechen zu bezeichnen. Die ist eher ein Tanzelefantchen. Oder ein Tanzbärchen. Oder einfach nur ein Tanzschaf. Ohne „-chen"! Auf jeden Fall war es einfach nur schrecklich.
Aber das Allerschrecklichste daran war, dass das alle außer mir und Hansi nicht gecheckt haben.

Die Fleischer-Oma hat echt bei meinem Papa und mir ein ganz grausames Kopfkino ausgelöst. Wie kann man denn bitte so was Schlimmes sagen?!? Die Fleischer-Oma war doch noch nie jung! Und außerdem war die sicher noch nie beweglich! Und erst recht und gaaaaaanz sicher war sie NIE NIE NIE NIE NIE sexy …

Vroni und Oma haben mir die Lust am Fasching echt schon ziemlich genommen.

Aber wenn man denkt, schlimmer geht's nicht mehr, kommt von irgendwo die Schacke-Line her!

Das gibt's doch nicht! Die ignoriert uns voLL! Die beachtet gar nicht, dass wir sie nachgemacht haben! Die ist überhaupt nicht mehr in mich verliebt!
Ich versteh das nicht! Was hab ich ihr denn getan? Aber die wird schon sehen, was sie davon hat, wenn sie so weitermacht!
Dann werde ich, dann werde ich ... oder dann werden wir ... oder wird irgendwer ... ganz sicher was machen! Darauf kann sie sich gefasst machen! Diese Schacke-Line! So geht's ja wohl echt nicht!

Ich hätte echt wissen müssen, dass jetzt der richtige Zeitpunkt zum Heimgehen gewesen wäre. Aber den hab ich verpasst. Und deswegen bin ich wieder mal in Lebensgefahr geraten!

Seppis Knigge

Heute: Die top drei der Gründe, warum es lebensgefährlich ist, wenn man zu lang auf einer Faschingsparty bleibt, auf der auch deine Familie ist!

3. Platz: Eingequetscht zwischen den zwei Schunkelschrullen!

2. Platz: Zerdatscht vom Tanzelefantchen!

1. Platz: Übelst blamiert von den Schunkelschrullen!

Bin ich froh, wenn dieser blöde Fasching endlich rum ist! Wenigstens hab ich jetzt eine Woche Ferien, da muss ich Lilli nicht sehen. Aber irgendwie versteh ich's echt nicht, warum mich das so stört, was diese Lilli von mir denkt ... diese Lilli ... diese tolle, süße, hübsche, coole, bezaubernde, wundervolle, sexy Achtklässlerin ...

Montag

Eine Woche Ferien sind viel zu kurz!
Viel zu kurz, um sich von der endsstressigen Schule zu erholen!
Viel zu kurz, um genügend lang mit dem Hansi Computer zu spielen!
Viel zu kurz um meinen Kopf freizukriegen, damit ich neue geniale Ideen gegen die Schacke-Line entwickeln kann!
Und VIEL zu kurz, um die peinliche Schunkel-Aktion vom Faschingssonntag zu vergessen!

Und trotzdem hat mich meine Mutter heute gezwungen, in die Schule zu gehen! Obwohl sie ja schuld war, zumindest an dem peinlichen Schunkel-Auftritt!

Einige Lehrer waren heute so übel drauf wie schon lang nicht mehr! Voll unchillig! Wahrscheinlich hatten die auch keinen Bock auf Schule! Hier mal ein paar Beispiele:

1.Stunde: Deutsch beim Rammelmeyer

2. Stunde: Erdkunde beim Fritte

3. Stunde: Englisch bei der Runzel-Hex

4. Stunde: Mathe bei der Lieblich

In Mathe ist's dann aber gechillter geworden. Die Lieblich hat uns ein paar Geschichten aus ihrem Urlaub erzählt. Die war nämlich beim Wellness-Ratschen im Zillertal. Mit einem Pulk andere Frauen. Ich glaub, das wäre für jeden normalen Menschen die Hölle gewesen, aber die Lieblich hat anscheinend Spaß dran gehabt!

5. Stunde: Geschichte beim Glas

Endlich hatten wir dann doch noch eine vernünftige Stunde! Geschichte!!! Da nehmen wir gerade die Pest durch, das ist so eine Krankheit, die ungefähr die Hälfte der Europäer getötet hat und von Rattenflöhen übertragen worden ist, was die Mittelalterianer aber nicht gecheckt haben!

Aber das eigentlich Wichtigste, was uns der Glas heute mitgeteilt hat, war die Ankündigung des Mittelalter-Projekttages. Denn der soLL am Donnerstag in einer Woche stattfinden. Also in genau zehn Tagen!
Das heißt, wir müssen uns dringend bald in der Key-Basis treffen, um den Kampf gegen das Küssmonster durchzuplanen und vorzubereiten. Schließlich soLL der Projekttag der Höhepunkt unserer Rache an der Schacke-Line werden!

Dienstag

Endlich 14!!!

Gefühlt bin ich ja schon seit Monaten 14! Aber heute war's endlich auch offiziell so weit:

MEIN 14. GEBURTSTAG!!!

Als Erstes hat mir in der Früh überraschenderweise die Vroni gratuliert. Sie ist allein in mein Zimmer gekommen und hat extra eine Torte für mich gebacken. An sich ist das ja eigentlich nett von ihr. Und ich hätte mich gefreut, wenn wir unser Kriegsbeil für diesen Tag begraben hätten können. Aber ...

Auch die Mama hatte übrigens ein bisschen ein komisches Gefühl bei Vronis Torte.

Eine Enttäuschung war allerdings, dass mich meine Mutter wieder mal gezwungen hat, in die Schule zu gehen. Obwohl ich ja jetzt schließlich fast volljährig bin. Bevor ich dann nachmittags mit meinen Jungs feiern konnte, hab ich davor im Familienkreis Kaffee trinken müssen. Und natürlich hab ich auch das Singen aushalten müssen!

Aber ich hab bei dem Gesang unglaublich lieb und erfreut tun müssen. Weil wenn nicht, dann wären die anderen sicher sauer geworden!
Und weil dann die Gefahr bestanden hätte, dass die mir nichts mehr schenken wollen! Dieses Risiko hab ich nachvollziehbarerweise nicht eingehen können!

Meine gespielte Begeisterung hab ich dann gleich mitgenommen, um beim Kuchenverteilen der Vroni eine Falle zu stellen!

Und was dann gekommen ist, kann durchaus zu einem meiner persönlichen Geburtstags-Highlights gezählt werden. Denn alle haben kräftig und voller Genuss in die Stinkefingertorte hineingebissen – alle außer Vroni und mir! Ich weiß jetzt gar nicht recht, wie ich das, was nun passiert ist, beschreiben soll. Auf jeden Fall war es durchaus sehens- und hörenswert!

Da sieht man mal wieder, wie doof Schwestern sind. Die kann doch nicht einfach massenhaft Chilischoten in eine Torte backen und dann denken, dass das kein anderer isst. Das ist schon die Krone der Dummheit. Das ist ihr dann auch so oder so ähnlich gesagt worden.

Auf jeden Fall hat Vroni, die alte Heulsuse, dann in ihr Zimmer abziehen müssen. Schade eigentlich!!! Denn dadurch hat sie den Höhepunkt ihrer Torte verpasst! Ich hab ja echt schon gedacht, dass man das mit den Chilischoten nie mehr toppen kann, aber da hab ich mich in der Vroni voll getäuscht. Denn sie hat nicht nur was Scharfes hineingebacken, sondern auch was – ich sag mal – Verdauungsförderndes!

Die Vroni, die coole Sau, hat doch tatsächlich Papas Abführmittel genommen und mit in die Torte gegeben. Was für eine geniale Idee! Die hätte fast von mir sein können! Da hat sich die Vroni doch tatsächlich meinen Respekt verdient!

Ach ja, der Hausarrest von der Vroni ist übrigens auf unbestimmte Zeit verlängert worden. Dann hoff ich mal, dass sie ihre nächsten Ideen nicht wieder gegen mich anwendet!

Als der Opa dann vom Klo gekommen ist, hat er mich und meine Jungs zur eigentlichen Geburtstagsparty gefahren. Und die hat es echt in sich gehabt! Denn der Opa hat für uns zwei Stunden Paintball bezahlt!
Das hat erst vor ungefähr einem Monat bei uns aufgemacht. Und das gehört übrigens auch unserem Busunternehmen, dem Teufel-Reisen, mit dem wir auch ins Skilager gefahren sind. Und den Geschäftsführer haben wir auch schon gekannt!

Hey, ihr Luschen, ihr könnt mich Sir Johnny Rambo nennen! Jeder, der in MEINE Halle geht, hört auf MEIN Kommando! Geht das in eure winzigen Teenager-Köpfe?!?
Was für ein cooler Typ!
TEUFELS PAINTBALL – Die Hölle ist nur der Anfang!
EINGANG
Jawohl, Sir!

Boah, leck! Eigentlich war das ja einfach unser Busfahrer Johnny. Ein bisschen komisch, aber sonst schon okay! Aber offensichtlich hat der einen Kurs in „Wie werde ich zum Drill Instructor!" besucht! Oder er hat einfach zu viel „Full Metal Jacket" angeschaut, das ist so ein heftiger US-Army-Film! Auf jeden Fall sind wir dann im Gleichschritt zur Umkleidekabine marschiert. Und dann haben wir uns vorbereitet für das Mega-Battle!

Opa wollte auch unbedingt mitspielen, obwohl so alte Menschen das normalerweise nicht mehr machen sollten. Aber dann haben wir ihn halt in die Gruppe mit Merlin, Luis und Leon gesteckt, weil die ja eh viel schwächer waren. Und es hat schon richtig gut für uns begonnen.

Der Merlin war also nicht wirklich ein Gegner. Der hat sich dann auch lieber raus ins Café gesetzt und hat vor sich hin geheult. Ein bisschen anspruchsvoller waren da schon Luis und Leon. Aber nicht weil sie sich so stark gewehrt haben, sondern weil sie sich so gut versteckt haben.

Somit hatten wir also schon fast gewonnen! Wir waren einfach zu übermächtig stark für die anderen.

Damit hat der Opa den Losern tatsächlich zum Sieg verholfen. Aber wir sind natürlich eigentlich viel stärker gewesen! Wir haben uns nur ein bisschen zu wenig konzentriert am Ende! Und die Loser brauchen ja auch mal ein Erfolgserlebnis!

Als wir uns dann wieder umgezogen hatten, hat uns der Opa alle noch ins Eiscafé eingeladen!

Das war echt noch ein richtig sensationeller Abschluss dieses endsgenialen Geburtstags. Auch wenn Luis und Leon ihr Eis im Stehen essen mussten! Die hatten sozusagen die ARSCH-Karte beim Paintball gezogen! Aber geschmeckt hat's ihnen trotzdem!

Mittwoch

Nun wurde es aber endlich Zeit, dass wir uns konzentriert auf den Projekttag in Geschichte vorbereiten. Und zwar nicht in Bezug auf Geschichte, sondern in Bezug auf unsere Rache am Küssmonster.

Deshalb haben wir uns in unserer Key-Basis getroffen, um die heiße Phase dafür einzuläuten. Zunächst hab ich aber was klarstellen müssen!

Da haben die drei doch tatsächlich geglaubt, dass mich die Lilli durcheinanderbringt! Phhhh ...! Das ist ja wohl überhaupt kein Problem für mich! Die spinnen doch, als ob ich mich tatsächlich in ein Mädchen verlieben würde! Ts ts ts ... Kurzzeitig hab ich überlegt, ob ich ihnen meine Theorie mit der Alieninvasion in meinem Kopf erklären sollte. Aber das hätten sie wahrscheinlich nicht verstanden. Oder sie hätten mich für verrückt erklärt. Oder noch schlimmer, mich für unheilbar verliebt erklärt! Obwohl ich das auf keinen Fall bin!!!!!!

Nach unseren Erfahrungen beim Paintball hab ich mir gestern Abend nämlich noch intensiv Gedanken über unsere Strategie gegen das Küssmonster gemacht. Und ich hab diese voll ausgearbeitet und bildlich dargestellt, damit das auch Leute ohne meine hohe Intelligenz verstehen können.

Und dann hab ich den drei Jungs meine Strategie bis ins kleinste Detail erklärt. Schließlich müssen wir ja jetzt gemeinsam die vier Angriffsfelder vorbereiten.
Je mehr ich ins Detail gegangen bin, desto klarer ist es ihnen geworden, dass dieser Plan an Genialität kaum zu übertreffen sein dürfte:

Nachdem ich mit meinen Erklärungen fertig war, haben die drei Jungs nur noch gestaunt und mich begeistert angeschaut!

Das war ja wieder mal typisch Merlin, dass er sich über solche Lächerlichkeiten Gedanken macht! Es kann uns doch egal sein, wie die Schacke-Line mit uns umgeht! Spätestens in acht Tagen wird sie eh nie wieder mit uns ein Wort reden! Und nie wieder mit uns was zu tun haben wollen! Und uns ganz sicher NIE NIE NIE mehr küssen!

Der Mittelalter-Projekttag

Wie immer, wenn man sich auf etwas freut, vergeht die Zeit viel zu langsam. Und die Tage bis zum heutigen Projekttag waren wirklich unsagbar lang. Allerdings hat uns vieren die Vorbereitungszeit richtig gutgetan, denn dadurch haben wir sämtliche meiner vier Tipps aus dem Küssmonster-Vier-Punkte-Angriffsplan exakt und fehlerfrei organisieren können.

Merlin hat sich zwar immer mal wieder etwas quergestellt und hat geheult, weil Schacke-Line uns ignoriert, aber ansonsten verlief alles problemlos.

Punkt 1 des Küssmonster-Angriffsplans

Unsere erste Aktion sollte noch vor dem Beginn des Projekttags stattfinden. Besser als jeder andere Tipp war hierfür mein „Ein-schlechtes-Gewissen-braucht-nicht-immer-ein-sauberes-Kissen-Tipp“, übrigens Tipp Nummer 35 in meinem sensationellen unveröffentlichten Ratgeber.

Der Hansi hat dafür schon seit vier Tagen in einem Mörtelbottich seines Vaters ein Kissen eingeweicht. Und zwar in einer dicken, stinkenden Schlammsuppe. Dieses Kissen haben wir aus dem Bottich gerettet und in einer extra dafür vorgesehenen weißen, unauffälligen Plastiktüte in die Schule transportiert.

Dieses tropfende, stinkende Ekelkissen haben wir dann auf Schacke-Lines Stuhl platziert, natürlich bevor das Küssmonster den Raum betreten hat. Und damit es nicht auffällig ist, haben wir auf alle Stühle der ersten Reihe ein ähnlich farbiges, aber dafür trockenes und sauberes Kissen gelegt.

Und dann hat das Küssmonster schon das Zimmer betreten, geht zielgenau auf ihren Platz und entdeckt die Kissen. Damit hatten wir gerechnet. Deshalb hat Merlin extra folgenden Satz eingeübt:

Alles ist nach Plan gelaufen! Schacke-Line hat Merlins Erklärung akzeptiert. Sie hat gleichzeitig mit Merlin ihren Stuhl herausgezogen. Beide waren gleichzeitig dabei, sich auf den Stuhl zu setzen. Beide haben ihren Hintern schon in Richtung Kissen bewegt. Doch dann ...

Puh! Da waren wir drei doch etwas schockiert, muss ich sagen. Ich hätte ja noch damit leben können, dass Merlins weiße Hose jetzt am Hintern, na ja, wie soll ich sagen, am Hintern bräunlich verunstaltet ist. Aber das eigentlich Schlimme daran war, dass das mein erster Tipp war, der nicht funktioniert hat. Tipp 35 hat versagt!!! Das ist fast schon katastrophal! Und dadurch waren wir nun echt unter Zugzwang, denn jetzt haben die anderen drei Tipps funktionieren müssen. Und der Merlin soll sich nicht so anstellen!!!

Der Beginn des Mittelalter-Projekttags

Kurz darauf ist der Projekttag offiziell losgegangen. Merlin hat da immer noch geheult wie ein Mädchen. Aber der Glas ist reingekommen und hat voll die coole Show abgezogen. Da hat er wieder mal gezeigt, dass er echt ein Hammerlehrer ist.

Der Glas, äh, Glasorius hat echt so komisch geredet wie ein Mittelalterianer. Das ist gar nicht so leicht gewesen, den dann zu verstehen. „Handgeklapper geben" zum Beispiel heißt einfach nur „KLATSCHEN". Ich find, im Mittelalter ist das alles ganz schön kompliziert gewesen. Kein Wunder, dass die noch keinen Computer und kein Smartphone hatten, wenn die schon bei der normalen Sprache so Probleme hatten.

Der Glasorius hat uns dann zum Kunstsaal gebracht. Da sind dann überall Bilder von alten Büchern herumgelegen. Und Griffel, das sind so komische Stifte, die man in Tusche tauchen muss, weil sie nicht von selber schreiben können.

Nach 34 Minuten und 17 Sekunden hat der Glasorius diese menschenunwürdige Kinderquälerarbeit endlich beendet. Da hat sich der Glasorius echt ein wenig unbeliebt gemacht! Die größte Frechheit war dann aber, dass wir alle unsere Buchseiten präsentieren haben müssen. Das war ja wohl nur noch unverschämt! Schließlich war ja klar, dass ich mit meinen künstlerischen Fähigkeiten alle anderen in den Schatten stellen würde.

Der Glasorius hat dann alle Buchseiten in einem Schaukasten ausgestellt. Nur die von mir und Kevin und Hansi nicht! Wahrscheinlich hat er schon erkannt, dass die viel zu wertvoll sind und wohl bald berühmt und sauteuer werden, und da wollte er sie sich selber für ein späteres Verkaufen sichern.

Aber das ist schon okay, ich mag den Glasorius ja, und da kann er mit unseren Bildern auch ein bisschen dazuverdienen! Außerdem hab ich das Ganze eh doof gefunden!

Punkt II des Kassmonster-Angriffsplans

Nach dieser jungenunwürdigen Malaufgabe also haben wir zehn Minuten Pause bekommen. Genau lang genug, um den Angriffsplan weiterzuverfolgen und meinen zweiten Tipp mit der Nummer 78 durchzuführen.

Dieser ist viel sicherer als der vorher. Das ist auch wichtig, denn ein zweites Misslingen können und wollen wir uns nicht leisten!

Aber der „Hokuspokus-Trichterius-die-Hose-patschnass-werden-muss-Tipp" ist absolut idiotensicher. Und total einfach vorzubereiten, man braucht nur zwei 1-Cent-Münzen, zwei Trichter und eine Kanne voller Wasser. Und natürlich ein Opfer, das total gern bescheuerte Spiele spielt.

Die Schacke-Line war schon wieder übelst abweisend zu uns. Wahnsinn! Als ob wir ihr was getan hätten. Aber zumindest war sie einverstanden mitzuspielen.
Dann haben wir ihr das Spiel erklärt. Sie hat gegen den Hansi als Lockvogel einen Wettkampf austragen sollen.

1. Schritt: Platzierung des 1-Cent-Stücks
Jedem von beiden wird ein 1-Cent-Stück auf die Stirn gedrückt.

Beide müssen nun versuchen, dieses 1-Cent-Stück in einen Trichter hineinfallen zu lassen.

2. Schritt: Platzierung des Trichters

Dieser Trichter ist allerdings nicht irgendwo, sondern an einer ganz ausgewählten Stelle.

Aufgabe für die beiden ist es nun, das 1-Cent-Stück in den Trichter hineinfallen zu lassen. Wer das als Erstes dreimal geschafft hat, hat gewonnen. Das sagen wir zumindest der Schacke-Line so! *Grins*

Denn während die Schacke-Line das ganz konzentriert macht und nach oben schaut, soll der Merlin ihr nach ihrem zweiten Versuch eine Kanne Wasser in den Trichter schütten. Damit sieht sie dann aus, als ob sie in die Hose gemacht hat.

3. Schritt: Der Spielbeginn

Nun haben die beiden also voll ehrgeizig begonnen, gegeneinander zu spielen.

Und der Merlin hat sich langsam von hinten herangeschlichen. Alles ist wie am Schnürchen verlaufen. Einfach sensationell, mein Tipp 78!

4. Schritt: Bereitmachen zum Schütten

Als Schacke-Line und Hansi ihren zweiten Fehlversuch hatten, hab ich mir ganz lang Zeit gelassen, das 1-Cent-Stück wieder auf Schacke-Lines Stirn zu drücken.

Und der Merlin ist langsam herangekommen und hat vorsichtig die Kanne gehoben!

Langsam hat Merlin die Kanne immer weiter und weiter nach vorne gekippt. Ich und Kevin starrten voller Vorfreude auf das nun folgende Schauspiel.
Endlich würden wir das Küssmonster blamieren! Endlich machen wir sie NASS! Endlich wird unser erster Teil der Rache vollendet!
Gerade als das Wasser kurz vorm Herauslaufen war, hat der Merlin, der Depp, plötzlich und ohne Vorwarnung wieder lauthals angefangen zu heulen!

5. Schritt: Ausschütten des Kanneninhalts

Schacke-Line hat ruckartig hinuntergeschaut, die Kanne gesehen, ihre Hände vorgerissen und ...

NEIN!!!!!!!!!!!!!!!!!!!!!!!!!!!! Das gibt es nicht! Diese doofe Kuh kann doch nicht zweimal nacheinander meinen gigantischen Plan so zunichtemachen! Die hat allen Ernstes dem Hansi die komplette Kanne in den Trichter geschüttet. Und das, obwohl der Hansi ja nur der Lockvogel war. Und jetzt ist der Hansi der mit der nassen Hose.

Der Mittelalter-Projekttag geht weiter

Wenn man abergläubisch wäre, könnte man denken, dass sich mein noch nicht veröffentlichtes 101-Tipps-Buch gegen uns verschworen hat. Nur weil ich meine Grundregel verletzt habe: Nie mehr als einen Tipp gleichzeitig und an einem Tag anwenden.

ABER ICH BIN NICHT ABERGLÄUBISCH!!!

Darum kann das einfach nicht der Grund sein. Wir hatten ganz einfach Pech, ganz viel blödes Pech!

Aber bevor wir den dritten Punkt unseres Angriffsplans durchführen konnten, haben wir eh wieder erst ein bisschen Mittelalteraction machen müssen.

Wobei Action vollkommen übertrieben ist. Denn wir haben uns in zwei Gruppen aufgeteilt.

Na ganz toll! Der Glasorius geht mir grad echt ein bisschen auf die Nerven! Der war doch normal echt cool, als er noch Herr Glas war. Aber diese Aufgabe ist doch wohl das Letzte!

Wir sollen mittelalterliche Liebesgedichte schreiben! Und die dann am besten noch vorsingen, oder wie?!? Der Glasorius hat echt keine Ahnung, was uns Männern am Mittelalter gefällt! Das sind mit Sicherheit nicht Liebesgedichte, Brot und Buchseiten, sondern das sind blutige Ritterkämpfe, Hexenverbrennungen und schwarze Magie! Ich würd mich auch auf Lagerfeuer, Grillen und Schwertkampf einlassen! Oder wochenlanges nicht waschen, weil das haben die im Mittelalter auch nicht gemacht! Aber was soll dieser Gedichtmist?!? Mann, Mann, ...

Das allein hätte eigentlich schon gereicht, aber dann ist es echt übel geworden. Denn der Glasorius hat einen Überraschungsgast eingeladen. Ganz, ganz toll!!!

Was war das denn bitte für ein übles Kino?!? Grausam! Ekelhaft! Abartig! Pfui! Pfui! Pfui!

Wir haben ja schon immer gewusst, dass der Panik-Franz und die Runzel-Hex was miteinander haben, aber das war einfach nur übelst peinlich!!!!

Und dann haben wir zum Dichten anfangen müssen!

Na ganz toll!!!! Diese Bilder krieg ich doch nie wieder aus meinem Kopf! Und dann soll ich mir irgend so einen Schmarrn ausdenken!

Der Glasorius ist mittlerweile echt übelst anstrengend! Aber okay, dann haben wir das halt schnell gemacht. Wir haben die Zettel mit unserem Namen abgeben müssen, weil wir die irgendwie nachher noch brauchen, hat der Glasorius gesagt. Dann haben wir zumindest wieder eine Pause bekommen. Die war wichtig, weil nun war es dringend an der Zeit, unseren Angriffsplan voranzutreiben. Es hat doch jetzt endlich mal ein Tipp funktionieren müssen!

Punkt III des Kassmonster-Angriffsplans

Genau aus dem Grund war der Tipp 47, der „Mann-ist-der-Schaumkuss-Mann-Tipp", die perfekte Lösung! Der hat ganz einfach nicht schiefgehen können. Wenn er doch misslingen würde, dann würde ich langsam wirklich an einen Fluch glauben, der über meinen sensationellen Ratgeber gekommen ist.

Die Vorbereitung dafür war echt voll einfach. Da hat man für den Anfang nur drei Spritzen gebraucht. Mit diesen haben wir dann aus ganz normalen Schaumküssen einfach den Schaum gezogen. Und da wir umweltfreundlich sind und den Schaum nicht einfach wegschmeißen wollten, haben wir uns auch eine sinnvolle Lösung für den vielen Schaum aus den Schaumküssen überlegt, sozusagen ein perfektes Recycling!

Ja, der Hansi hat echt die schwierigste Aufgabe gehabt! Aber irgendwann hat sogar er Bauchweh bekommen! Das Weichei!!!

Auf jeden Fall haben wir direkt danach die nun schaumlosen Schaumküsse gehabt und haben sie, na ja, wie soll ich sagen, etwas aufgepeppt!

Nun haben wir nur noch dem Küssmonster eine kleine Freude machen und ihr die Schaum…, äh, Senfküsse auf einem Silbertablett servieren müssen. Und das haben wir auch gemacht!
Und wie zu erwarten war, ist das Monster voll auf die Schaumküsse abgegangen! Denn jede Frau mag ja schließlich Süßigkeiten! Und jede Frau mag es ja auch, wenn man sich für etwas, was man selbst eigentlich

nicht schlimm findet, trotzdem aus tiefstem Herzen entschuldigt! Und Schacke-Line ist ja auch eine Frau, irgendwie zumindest!

Alles bis hierhin okay! Ach was sag ich, alles bis hierhin fantastisch! Sie hat sofort nach dem Köder geschnappt! Wie eine hungrige Maus nach einem Stück Käse! Alles übelst perfekt also!

Das hat uns der Rammelmeyer doch nicht antun können, oder?!? Der kann uns doch nicht voll den Tipp 47 versauen! Und vor allem, was wird er mit uns machen, wenn er jetzt da reinbeißt? Wir sind praktisch voll offensichtlich als Täter ertappt und damit überführt, und damit haben wir keine Chance, unseren Kopf aus der Schlinge zu ziehen.

Ich weiß nicht, ob es einen Senfkuss-Anschlag in der Schulordnung gibt. Aber ich bin mir sicher, dass der Rammelmeyer oder vielleicht sogar der Killer-Miller da ganz schnell eine Regel dazu erfinden. Typisch Lehrer halt, machen sich die Welt immer, wie es ihnen gefällt! Woher hätten denn wir vorher wissen sollen, dass ein Senfkuss verboten ist, wenn es doch gar kein offizielles Verbot gegeben hat.

Der Kevin hat sich anscheinend das Allergleiche gedacht! Und er hat am allerschnellsten von uns reagiert!

Er hat also dem Rammelmeyer kurz vor der Katastrophe den Senfkuss vor der Nase weggeschnappt. Und er hat das Senf-Ding in einem Zug hinuntergeschluckt. Kevin hat sich damit meinen allergrößten Respekt verdient. Auch wenn es ihm danach nicht wirklich so gut gegangen ist.

Die Stimmung war gerade echt zum Kotzen. Drei geniale Tipps, und dreimal voLL verkackt! Das ist echt übel! Da passt es gerade echt nicht, dass der doofe Mittelalter-Projekttag weitergegangen ist.

Der Mittelalter-Projekttag – Die Außenaufgabe

Und dass er dann vor allem mit so einer Aufgabe weitergeht. Der Glasorius hat sich nämlich ein ganz besonderes Highlight für uns ausgedacht.

Wir haben dann zu viert losziehen müssen, um Leute nach dem Mittelalter zu befragen. Gibt es denn etwas Peinlicheres?!? Und dann haben wir uns auch alle Fragen noch selbst ausdenken müssen. Na super! Ich finde, wenn wir das schon machen müssen, hätten die uns wenigstens die Fragen geben können.

Die Leute waren dann aber echt okay, meistens zumindest! Am Anfang hat der Merlin noch die Fragen gestellt.

Den Merlin haben wir da natürlich nicht mehr auf die Leute loslassen können. Deshalb haben ich und der Kevin das dann mal lieber übernommen! Wir sind da viel professioneller. Dafür haben wir dem Merlin eine unglaublich wichtige andere Aufgabe gegeben, die ihn so richtig ausgefüllt hat.

Man merkt, ich und der Kevin haben da viel bessere Fragen gestellt. Dann ist auch noch meine Fleischer-Oma vorbeigelaufen. Die haben wir natürlich auch gleich interviewt. Aber wir haben für die Kamera so getan, als ob wir die nicht kennen, damit das dann nicht wie Schiebung ausschaut! Die Fleischer-Oma hat da echt voll mitgespielt!

Nachdem wir so gigantisch gute Videos gemacht hatten, haben wir dann eigentlich schon wieder zur Schule gehen wollen. Schließlich stand ja jetzt dann die Endpräsentation bevor. In die haben wir unseren letzten Punkt des Küssmonster-Angriffsplans eingebaut. Und der hat dieses Mal echt funktionieren müssen.

Es war schon richtig bitter, dass drei meiner besten und tollsten Tipps so bodenlos versagt haben. Und vor allem habe ich langsam gemerkt, dass das Vertrauen von Kevin, Hansi und Merlin in meine Tipps etwas weniger wird. Deswegen musste ich jetzt beweisen, dass meine Tipps genial sind!!!

Aber dann hat sich so ein komischer Mann plötzlich vor uns aufgestellt. Der hatte sich wie so ein Mittelalter-Zauberer verkleidet und hat wirres Zeug geredet.

Vorsichtshalber haben wir ihn aber mal gefilmt, damit wir auch nachher noch was zum Lachen haben.

Höret und sprechet nicht: Es begab sich zu einer Zeit, in der die Erde eine Scheibe und die Sonne nur ein goldener Punkt waren: Da zogen vier unbedachte Erdensprösslinge, also Kinder wie ihr, aus, den Kampf gegen die Hexe des aufgehenden Morgenlichts aufzunehmen. Doch die Hexe war zu stark und ließ ihre ganze Macht und Stärke die Kinder spüren. Sie bestrafte diese fürchterlich, und diese wagten nie wieder, die Hexe herauszufordern.
Die vier Jungen waren wie IHR! Ungläubig und unbedacht! Gehet nicht mit bösen Gedanken zur Schule zurück! Höret auf mich und glaubet! Sonst wird die Strafe grausam sein!
Voll neben der Spur, der Alte! *Brüll*
Wie geil is der denn?!? Saustark, der Typ!!! *Grins*
Oida, wie geht denn der ab?!? *Grins*
Oh nein, die dunkle Prophezeiung gilt uns! Oh nein ... *Schluchz*

Was war denn das für einer?!? Der ist ja völlig durchgeknallt gewesen! Voll der Freak!!! Auch wenn er mir irgendwie bekannt vorgekommen ist. Der Merlin hat sich wegen diesem Typ übrigens fast voll in die Hose gemacht. Wobei das ja eigentlich auch egal gewesen wäre, weil die Hose ja eh schon voll dreckig war!

Aber uns anderen dreien war das echt völlig wurst! Wir wollten jetzt zurück! Und wir wollten uns an dem Küssmonster endlich mit dem abschließenden Großangriff rächen.

Der Mittelalter-Projekttag –
Das Ende und Punkt IV des Kussmonster-Angriffsplans

Als wir zurück in der Schule waren, hat uns der Killer-Miller schon voller Elan empfangen. Wir haben anfangs gar nicht kapiert, was der jetzt von uns will, weil er ja eigentlich an dem Mittelalter-Projekttag nicht dabei war. Aber als er uns dann in sein Kostümzimmer gezerrt hat, ist uns einiges klar geworden.

So ein Schmarrn hat auch nur dem Killer-Miller einfallen können! Für was haben wir dann unsere genialen Videos überhaupt gemacht? Das ist wieder mal typisch Schule: Viel Arbeit und kein Sinn dahinter! Dann hat der Killer-Miller seine Theaterschränke für uns aufgemacht. Und dann hat er allen Ernstes von uns verlangt, dass wir in seine mottenzerfressenen Klamotten reinschlüpfen sollen!

Glücklicherweise haben wir schon vorab alles für den vierten Punkt des Küssmonsterplans vorbereitet! Wir haben das jetzt nur noch unauffällig zum richtigen Zeitpunkt an den richtigen Ort bringen müssen. Denn der richtige Platz ist das Wichtigste für das Funktionieren des „Bück-Stolper-Fall-Plitsch-Platsch-Schleim-Kleb-Tipps" mit der Nummer 26 aus meinem legendären Ratgeber.

Dazu haben wir uns ein Schleimpulver besorgt. Das ist ein Pulver, das schüttet man einfach in Wasser, und dann wird aus dem Wasser eine richtig schleimige Pampe. Das funktioniert ohne Ende gut!

Das haben wir dann gestern schon mal alles vorbereitet und in einem kleinen Raum neben der Aula versteckt. Dort ist der Schleim gestanden und hat auf seinen großen Einsatz gewartet!

Nachdem wir vier uns in die bescheuerten Mittelalterklamotten gezwängt hatten, haben wir unsere Anweisungen und Ausstattung für das Ritterturnier bekommen. Das hat sich alles voll easy angehört – zumindest für so einen genialen Schauspieler wie mich.

Doch als wir dann in Richtung Aula gegangen sind und ich ums Eck geschaut hab, hab ich fast einen Schock bekommen. Da sind lauter Schüler gesessen! Überall Schüler!!! Alle von der fünften bis zur neunten Klasse! ALLE!!!!! Also auch ... LILLI!

Ich hab gedacht, wir führen das Ganze nur vor unserer Klasse auf. Aber das ...

Das hat jetzt meine Aufgabe übelst schwieriger gemacht! Und vor allem extrem peinlicher!!!!!

Wie hab ich aus der Sache nur rauskommen können?!? Am besten wär, ich laufe einfach davon! Oder ich versteck mich! Oder ich setze mich ins Ausland ab, nach Sachsen oder so!

Nein!!! Leider kann ich das alles nicht machen. Weil wenn ich nicht aufgetreten wäre, wär das Ganze noch peinlicher geworden, weil alle gedacht hätten, dass ich ein Feigling bin. Verdammt!

Aber ich hab gar keine Zeit mehr gehabt, über diese übelstschlimme Situation nachzudenken, denn der Glasorius hat schon voll mit seiner Rede losgelegt. Jetzt hab ich das einfach durchziehen müssen. Und vor allem hat der Tipp Nummer 26 jetzt einfach funktionieren müssen. Hier! In der Aula! Vor allen! Vor LILLI!

Der Vorteil daran war, dass sich Schacke-Line nun vor der ganzen Schule und nicht nur vor uns sensationell blamieren würde. Also hatte das Ganze doch eine gute Seite!

Es ist einfach unvorstellbar, wie die ganzen Schüler in der Aula gejubelt haben. Ich mein: HALLO?!? Wieso klatschen die für den Killer-Miller? Und noch schlimmer, wieso klatschen die für das Küssmonster?!? Wieso spielt dieses Küssmonster denn eigentlich schon wieder die Hauptrolle?!? Wie eklig ist das denn?!? Die Schacke-Line als Prinzessin – UNVORSTELLBAR! Aber: Gut für unseren Plan!!!!

Nun ist es Schlag auf Schlag weitergegangen mit der Rede vom Glasorius.

Na ja, derjenige, der die Texte für Hanserich und Keylin geschrieben hat, war wohl auch ziemlich talentfrei. Doch das hat jetzt keinen mehr interessiert. Denn nun ist der Höhepunkt des Turniers gekommen: ICH!

Ich sollte als großer Held Sir Lanzeseppi gegen den schwarzen Ritter Merloreb antreten. Und zwar im

Lanzenkampf. Praktischerweise hat der Killer-Miller in seinem Theaterfundus zwei Lanzen aus Styropor, das heißt, die zerbrechen einfach, wenn man aufeinander losgeht. So hat er uns das zumindest erklärt!

Während Merloreb und ich im Vordergrund mit unserer großen Show begonnen haben, haben Hanserich und Keylin unbemerkt im Hintergrund die Wanne in die richtige Position für den Punkt IV des Küssmonster-Angriffsplans gebracht. An sich war der Merloreb gerade mal wieder extrem der Schisser. Und das, obwohl das doch nur leicht zerbrechliche Waffen waren.

Aus dem Augenwinkel hab ich noch gesehen, dass Keylin und Hanserich die Wanne perfekt platzieren konnten. Aber ich hab auch gesehen, dass die Schacke-Line und der König Löwen-Miller-Herz irgendwie so komisch gegrinst haben. Fast schon ein bisschen hinterhältig. Aber das kann doch nicht sein, oder? Ich hab mich bestimmt getäuscht!

Doch jetzt hatte ich keine Zeit mehr, darüber nachzudenken. Merloreb und ich sind aufeinander losgeritten. Unter dem sensationellen Applaus Hunderter Schüler. Und unter den wunderschönen Augen MEINER EINZIG WAHREN PRINZESSIN: LILLI!

Ich hab gespürt, wie ihre Augen auf mir gehaftet haben! Wie sie hoffnungsvoll darauf gewartet hat, dass ich, der große Ritter Sir Lanzeseppi, sie zu mir auf mein edles Ross setze und mit ihr wegreite. Fort auf meine große Ritterburg, wo ich und sie als erhabenes Königspaar über unsere Untergebenen herrschen – und wenn wir nicht gestorben sind, leben wir glücklich bis in alle Ewigkeit!

Oh Mann, was war das?!? Dieser doofe Merloreb hat die Lanze viel zu tief gehalten, weil er so gezittert hat. Oh Mann …! Ich hab die Spitze der Lanze immer schneller auf mich zukommen sehen. Merloreb, der Depp, hat sie blöderweise nicht mehr höher gebracht. Jetzt hab ich einfach nur hoffen müssen, dass das Styropor schnell und problemlos zerbricht!

Na ja, was soll ich sagen …

Ich glaub, ich zeig es euch einfach im Bild, was jetzt passiert ist!

Diese bescheuerte Lanze vom Merloreb ist NICHT zerbrochen. Ich hatte noch NIE, noch NIE NIE NIE in meinem ganzen Leben solche Schmerzen. Ich war auf dem Boden gelegen und habe gedacht, ich muss sterben. Der Merloreb hat sich aber, wie abgesprochen, auch mit schmerzverzerrtem Gesicht auf den Boden fallen lassen. Weil er ja eigentlich verlieren sollte. Somit hat es zwischen uns unentschieden gestanden.

Und der Glasorius hatte eine ganz besondere Idee, wie wir nun den Sieg um die Hand der Prinzessin Küssmonster ausmachen sollten. Trotz meiner schlimmen und unbeschreiblichen Schmerzen muss ich sagen, dass die Idee vom Glasorius nun doch noch helfen könnte, dass unser Punkt IV des Küssmonster-Angriffsplans funktioniert!

Jetzt haben wir also unsere selbst geschriebenen Minnelieder vortragen müssen. Zum Glück hab ich da nur einen Schmarrn zusammengedichtet, da hab ich dann die Schacke-Line sogar noch zusätzlich durch meinen blödsinnigen Text lächerlich machen können. Zusätzlich zu dem Tipp 26 natürlich. Und das mit der Überreichung dieses komischen Brotes als Siegerehrung ist echt auch voLL doof. Aber auch das haben wir in unseren Plan sofort eingebaut!

Zuerst hat dann der Merloreb sein Minnelied vorgetragen. Der hat irgendwas von ewiger Treue, Hingabe und Heldentum geschwafelt. Ich hab da überhaupt nicht richtig zugehört. Schließlich war es ja eh klar, dass ich da gewinnen muss, weil ich ja der Held der Geschichte bin. Und dann hat mir der Glasorius auch schon mein Minnelied in die Hand gedrückt. Ich hab mir den Zettel noch mal angeschaut. Aber Moment mal, das ...

DAS KANN DOCH NICHT WAHR SEIN!!!!

Irgendwie hat sich heut das Schicksal gegen mich verschworen! Das war nicht mein Text! So etwas hätte ich nie geschrieben! Und so etwas würde ich NIE der Schacke-Line vorlesen!!!!

Aber ich bin hier nicht mehr rausgekommen! Alle Augen waren auf mich gerichtet. Ich hab mich opfern müssen! Opfern für das Gelingen der Sache! Für die Vollendung des Küssmonster-Angriffsplans! Oh Mann …
Bitte Lilli, bitte verzeih mir!

OIDA!!!!!!! Irgendwer hat uns hier Vollgas reingelegt. Das war alles eine Falle! Verdammt! Irgendwer hat das von unserem Rachefeldzug gegen Schacke-Line mitbekommen. Verdammt, verdammt!!

Irgendwer hat einen Plan entworfen, der meinen genialen und sensationellen Plan zunichte machen sollte! Der alle meine Tipps zerstören sollte! Der unsere Rache an dem Küssmonster verhindern sollte! Verdammt, verdammt, verdammt!!!

Was sollte ich nur tun? Es half nichts! Wenigstens der eine Tipp 26 musste funktionieren. Wenigstens der hat die verkorkste Angriffsplanserie retten müssen. Ich hab das Ganze jetzt zu Ende bringen müssen! Schlimmer hat's eh nicht mehr werden können!!! Schacke-Line musste jetzt in die Wanne voller Schleim! Damit wir wenigstens ein bisschen Genugtuung für ihre Küsse bekommen. Und deswegen hab ich endlich das Kommando gegeben.

Und dann ist der Hansi also losgerannt, um Schacke-Line zu schubsen. Aber …

1. … knapp vorbei ist auch daneben:

2. … gute Freunde soll man nicht schubsen:

3. ... wenn du denkst, schlimmer geht's nimmer, dann sei dir sicher, schlimmer geht's immer!

Der Hansi hat mich blöderweise so fest geschubst, dass ich zusammen mit der Wanne ein ordentliches Stück gerutscht bin. Und, na ja, blöderweise war die Lilli, na ja, irgendwie, äh, ein bisschen zu nah an der ganzen Wannen-Action gesessen. Und dann, na ja, äh, war das schon ein bisschen, äh, unglücklich, was dann passiert ist, find ich!

4. … ich bin ja eigentlich eh zu jung für die große Liebe:

Die Schüler haben das übrigens alles ganz genau mitbekommen. Und: Sie haben geklatscht wie wild! Ich glaube, die haben gedacht, dass das alles zur Show gehört hat. Als ich aufgestanden bin, hat es mir dann mal so richtig die Sprache verschlagen.

Die haben mich tatsächlich voll gefeiert! Die haben das überhaupt nicht gecheckt, dass mein Tipp Nummer 26 voll danebengegangen ist. Mein Ratgeber ist halt doch der absolute Hammer und funktioniert immer! Und das nicht nur theoretisch!!!

Als dann alle Schüler wieder im Klassenzimmer waren, sind auf einmal ganz viele Lehrer um uns rumgestanden. Und Schacke-Line!

Dass die Schacke-Line sich allen Ernstes einen so sensationellen Gegenschlags-Angiffsplan gegen uns überlegen kann, hätte ich ihr NIE zugetraut! Das ist ja der Hammer! Alle unsere genialen Angriffspläne so zunichtezumachen und uns jedes Mal danach als die Deppen ausschauen zu lassen. Da muss man echt was draufhaben!

Ich glaube, wir haben die Schacke-Line ordentlich unterschätzt. Und noch dazu hat sie mir, wenn man es genau betrachet, dazu verholfen, dass ich nun der absolute Superstar der Schule bin. Bis auf bei Lilli natürlich, aber das ist ja auch irgendwie vernachlässigbar. Denn wenn man erst mal Erfolg hat, dann kommen die Frauen alleine zu einem zurück – hab ich zumindest mal irgendwo gehört!

Wegen ihrer Genialität finde ich, dass wir uns jetzt echt genug an der Schacke-Line gerächt haben! Es wird Zeit, dass wir ihr verzeihen! Es wird Zeit, dass wir unsere Kräfte vereinen! Es wird Zeit, dass wir uns neuen Aufgaben stellen!

Hey, Schacke-Line, was hältst du von Frieden?
Und was hältst du von gemeinsamer Freundschaft?
Na bitte, es geht doch: Friede, Freude, Eiersuchen! *Freu* Oder wie wir Mathematiker sagen: Ende gut, Schule gut! *Grins*
Das fänd ich: SAUSTARK! *Zwinker*

Seppi Hinterholzer präsentiert den sensationellsten und übelst genialsten Bonusteil aller Zeiten:

SEPPIS BAYERISCHES DEPPENQUARTETT

SPIELREGELN für Seppis bayerisches Deppenquartett

Kopiere die folgenden Deppenquartett-Seiten, schneide die Karten aus und verstärke sie eventuell jeweils mit einem etwas dickeren Karton auf der Rückseite!

Das Ziel in Seppis bayerischem Deppenquartett besteht wie in jedem Quartettspiel darin, alle Karten zu erhalten. Die Karten werden gemischt und gleichmäßig unter allen Spielern verteilt. Jeder Spieler stapelt seine Karten übereinander und schaut nur auf seine vorderste Karte.

Der Spieler links vom Geber nennt nun einen Wert seiner obersten Karte. Die Mitspieler nennen daraufhin den Wert ihrer obersten Karte. Der Spieler mit dem jeweils höchsten Wert gewinnt die Runde und erhält von jedem seiner Mitspieler jeweils die oberste Karte. Der Gewinner legt seine oberste und die gewonnenen Karten unter seinen Kartenstapel und sagt einen Wert auf der nächsten Karte an.

Hat ein Spieler nur noch drei Karten, kann er den jeweils besten Wert seiner drei Karten nennen. Der Spieler, der zuletzt alle Karten besitzt, ist Sieger von Seppis bayerischem Deppenquartett.

Erklärung der jeweiligen Symbole:

KATEGORIE	GEMESSEN IN:	SYMBOL
Chilligkeit	vollen Maßkrügen	
Aussehen	coolen Sonnenbrillen	
Beliebtheit	süßen Herzchen	
Peinlichkeit	ekligen Monn Scherris	
Gefährlichkeit	endsüblen Totenköpfen	
Nervigkeit	Schackelines (Pferd bei „Schuh des Manitu")	
Bayern-Gen	leckeren Weißwürsten	
Deppenfaktor	alten Riesenbrezen	
Heldenstatus	sensationellen Seppis	

Und jetzt kann's losgehen! Übelst viel Spaß wünscht euch euer Seppi

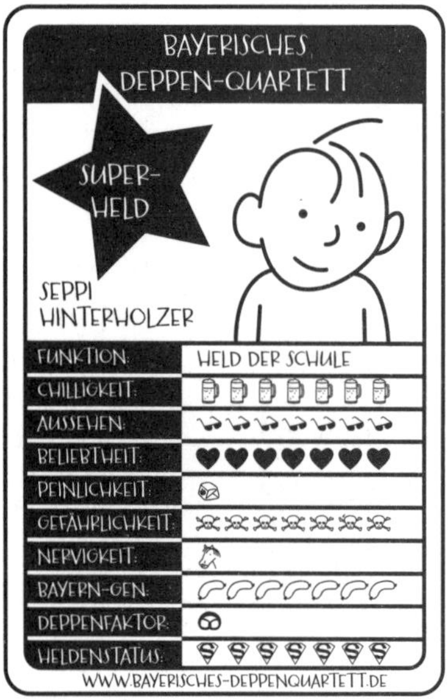
BAYERISCHES DEPPEN-QUARTETT
SUPER-HELD
SEPPI HINTERHOLZER
FUNKTION: HELD DER SCHULE
CHILLIGKEIT:
AUSSEHEN:
BELIEBTHEIT:
PEINLICHKEIT:
GEFÄHRLICHKEIT:
NERVIGKEIT:
BAYERN-GEN:
DEPPENFAKTOR:
HELDENSTATUS:
WWW.BAYERISCHES-DEPPENQUARTETT.DE

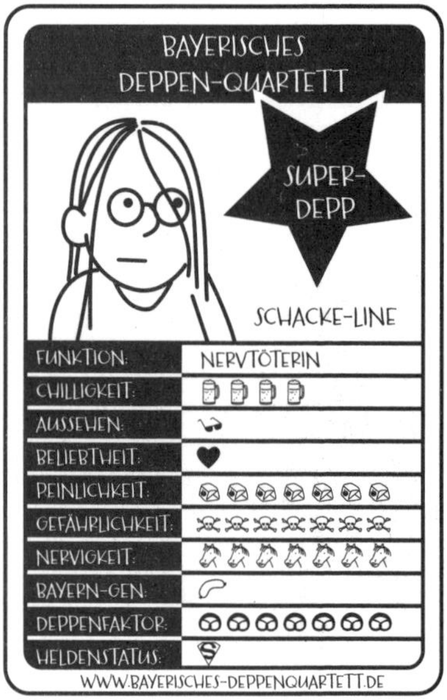
BAYERISCHES DEPPEN-QUARTETT
SUPER-DEPP
SCHACKE-LINE
FUNKTION: NERVTÖTERIN
CHILLIGKEIT:
AUSSEHEN:
BELIEBTHEIT:
PEINLICHKEIT:
GEFÄHRLICHKEIT:
NERVIGKEIT:
BAYERN-GEN:
DEPPENFAKTOR:
HELDENSTATUS:
WWW.BAYERISCHES-DEPPENQUARTETT.DE

BAYERISCHES DEPPEN-QUARTETT
HERR KILLER-MILLER
FUNKTION: ~~DIREKTOR~~ DIKTATOR
CHILLIGKEIT:
AUSSEHEN:
BELIEBTHEIT:
PEINLICHKEIT:
GEFÄHRLICHKEIT:
NERVIGKEIT:
BAYERN-GEN:
DEPPENFAKTOR:
HELDENSTATUS:
WWW.BAYERISCHES-DEPPENQUARTETT.DE

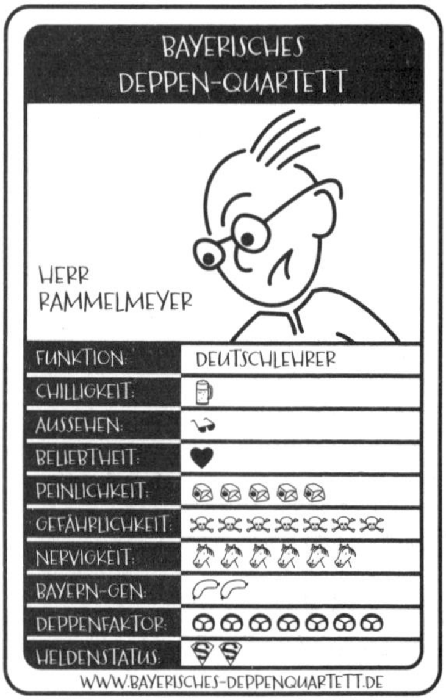
BAYERISCHES DEPPEN-QUARTETT
HERR RAMMELMEYER
FUNKTION: DEUTSCHLEHRER
CHILLIGKEIT:
AUSSEHEN:
BELIEBTHEIT:
PEINLICHKEIT:
GEFÄHRLICHKEIT:
NERVIGKEIT:
BAYERN-GEN:
DEPPENFAKTOR:
HELDENSTATUS:
WWW.BAYERISCHES-DEPPENQUARTETT.DE

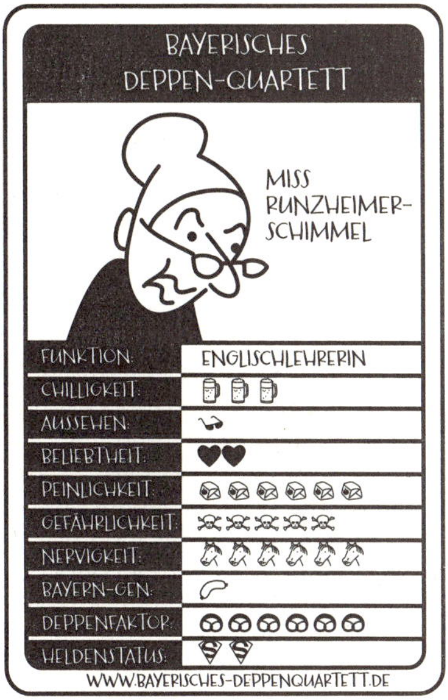
BAYERISCHES
DEPPEN-QUARTETT
MISS RUNZHEIMER-SCHIMMEL
FUNKTION:
ENGLISCHLEHRERIN
CHILLIGKEIT:
AUSSEHEN:
BELIEBTHEIT:
PEINLICHKEIT:
GEFÄHRLICHKEIT:
NERVIGKEIT:
BAYERN-GEN:
DEPPENFAKTOR:
HELDENSTATUS:
WWW.BAYERISCHES-DEPPENQUARTETT.DE

BAYERISCHES
DEPPEN-QUARTETT
HERR HITZL
FUNKTION:
SPORTLEHRER
CHILLIGKEIT:
AUSSEHEN:
BELIEBTHEIT:
PEINLICHKEIT:
GEFÄHRLICHKEIT:
NERVIGKEIT:
BAYERN-GEN:
DEPPENFAKTOR:
HELDENSTATUS:
WWW.BAYERISCHES-DEPPENQUARTETT.DE

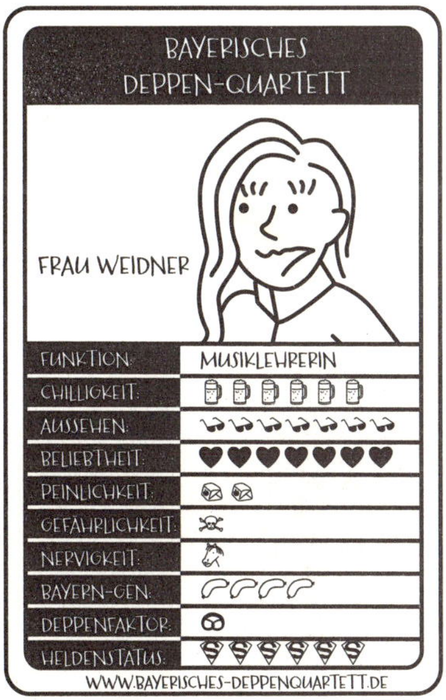
BAYERISCHES
DEPPEN-QUARTETT
FRAU WEIDNER
FUNKTION:
MUSIKLEHRERIN
CHILLIGKEIT:
AUSSEHEN:
BELIEBTHEIT:
PEINLICHKEIT:
GEFÄHRLICHKEIT:
NERVIGKEIT:
BAYERN-GEN:
DEPPENFAKTOR:
HELDENSTATUS:
WWW.BAYERISCHES-DEPPENQUARTETT.DE

BAYERISCHES
DEPPEN-QUARTETT
FRAU LIEBLICH
FUNKTION:
MATHELEHRERIN
CHILLIGKEIT:
AUSSEHEN:
BELIEBTHEIT:
PEINLICHKEIT:
GEFÄHRLICHKEIT:
NERVIGKEIT:
BAYERN-GEN:
DEPPENFAKTOR:
HELDENSTATUS:
WWW.BAYERISCHES-DEPPENQUARTETT.DE

BAYERISCHES DEPPEN-QUARTETT

FUNKTION:	GESCHICHTSLEHRER
CHILLIGKEIT:	🍺🍺🍺🍺🍺🍺🍺
AUSSEHEN:	👓👓👓👓👓
BELIEBTHEIT:	♥♥♥♥♥♥
PEINLICHKEIT:	🧻🧻
GEFÄHRLICHKEIT:	☠☠
NERVIGKEIT:	🐴🐴
BAYERN-GEN:	🌭🌭🌭🌭🌭🌭
DEPPENFAKTOR:	🥨🥨
HELDENSTATUS:	SSSSSS

WWW.BAYERISCHES-DEPPENQUARTETT.DE

BAYERISCHES DEPPEN-QUARTETT

FUNKTION:	ERDKUNDELEHRER
CHILLIGKEIT:	🍺🍺🍺🍺🍺🍺
AUSSEHEN:	👓
BELIEBTHEIT:	♥♥♥♥♥
PEINLICHKEIT:	🧻🧻🧻🧻🧻🧻🧻
GEFÄHRLICHKEIT:	☠
NERVIGKEIT:	🐴🐴🐴🐴
BAYERN-GEN:	🌭🌭🌭🌭🌭🌭
DEPPENFAKTOR:	🥨🥨🥨🥨🥨🥨
HELDENSTATUS:	SSS

WWW.BAYERISCHES-DEPPENQUARTETT.DE

BAYERISCHES DEPPEN-QUARTETT

FUNKTION:	HAUSMEISTER
CHILLIGKEIT:	🍺🍺🍺🍺🍺🍺🍺
AUSSEHEN:	👓👓
BELIEBTHEIT:	♥♥♥♥♥♥♥
PEINLICHKEIT:	🧻🧻🧻
GEFÄHRLICHKEIT:	☠
NERVIGKEIT:	🐴🐴
BAYERN-GEN:	🌭🌭🌭🌭🌭🌭🌭
DEPPENFAKTOR:	🥨🥨🥨
HELDENSTATUS:	SSSSS

WWW.BAYERISCHES-DEPPENQUARTETT.DE

BAYERISCHES DEPPEN-QUARTETT

FUNKTION:	ITALIENISCHER DÖNERMANN
CHILLIGKEIT:	🍺🍺🍺🍺
AUSSEHEN:	👓👓👓
BELIEBTHEIT:	♥♥♥♥♥♥♥
PEINLICHKEIT:	🧻🧻
GEFÄHRLICHKEIT:	☠☠
NERVIGKEIT:	🐴🐴🐴
BAYERN-GEN:	🌭
DEPPENFAKTOR:	🥨🥨🥨🥨
HELDENSTATUS:	SSSS

WWW.BAYERISCHES-DEPPENQUARTETT.DE

BAYERISCHES
DEPPEN-QUARTETT
HANSI
FUNKTION:
BESTER FREUND
CHILLIGKEIT:
AUSSEHEN:
BELIEBTHEIT:
PEINLICHKEIT:
GEFÄHRLICHKEIT:
NERVIGKEIT:
BAYERN-GEN:
DEPPENFAKTOR:
HELDENSTATUS:
WWW.BAYERISCHES-DEPPENQUARTETT.DE

BAYERISCHES
DEPPEN-QUARTETT
LUIS UND
LEON
FUNKTION:
MITCHILLER
CHILLIGKEIT:
AUSSEHEN:
BELIEBTHEIT:
PEINLICHKEIT:
GEFÄHRLICHKEIT:
NERVIGKEIT:
BAYERN-GEN:
DEPPENFAKTOR:
HELDENSTATUS:
WWW.BAYERISCHES-DEPPENQUARTETT.DE

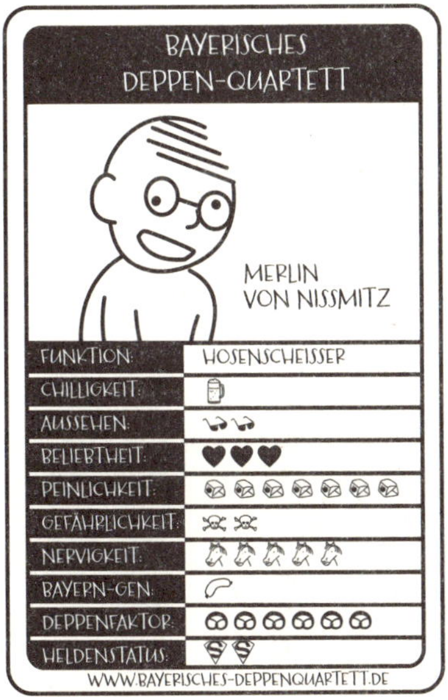
BAYERISCHES
DEPPEN-QUARTETT
MERLIN
VON NISSMITZ
FUNKTION:
HOSENSCHEISSER
CHILLIGKEIT:
AUSSEHEN:
BELIEBTHEIT:
PEINLICHKEIT:
GEFÄHRLICHKEIT:
NERVIGKEIT:
BAYERN-GEN:
DEPPENFAKTOR:
HELDENSTATUS:
WWW.BAYERISCHES-DEPPENQUARTETT.DE

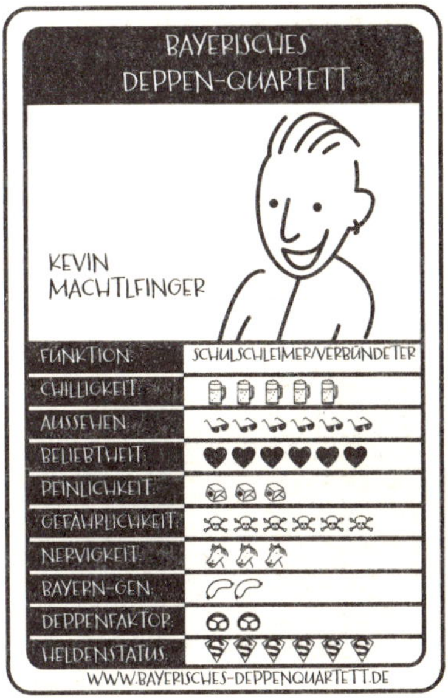
BAYERISCHES
DEPPEN-QUARTETT
KEVIN
MACHTLFINGER
FUNKTION:
SCHULSCHLEIMER/VERBÜNDETER
CHILLIGKEIT:
AUSSEHEN:
BELIEBTHEIT:
PEINLICHKEIT:
GEFÄHRLICHKEIT:
NERVIGKEIT:
BAYERN-GEN:
DEPPENFAKTOR:
HELDENSTATUS:
WWW.BAYERISCHES-DEPPENQUARTETT.DE

BAYERISCHES DEPPEN-QUARTETT

FLEISCHER-OMA

FUNKTION:	METZGEREIFACHVERKÄUFERIN
CHILLIGKEIT:	🍺
AUSSEHEN:	🕶🕶
BELIEBTHEIT:	♥♥♥♥
PEINLICHKEIT:	🧻🧻🧻🧻🧻🧻🧻
GEFÄHRLICHKEIT:	☠☠☠☠☠☠☠
NERVIGKEIT:	🐴🐴🐴🐴🐴
BAYERN-GEN:	🌭🌭🌭🌭🌭🌭🌭
DEPPENFAKTOR:	🥨🥨🥨🥨
HELDENSTATUS:	🦸🦸🦸🦸🦸🦸🦸

WWW.BAYERISCHES-DEPPENQUARTETT.DE

BAYERISCHES DEPPEN-QUARTETT

OPA

FUNKTION:	OBERCHILLER
CHILLIGKEIT:	🍺🍺🍺🍺🍺🍺🍺
AUSSEHEN:	🕶🕶🕶🕶🕶🕶
BELIEBTHEIT:	♥♥♥♥♥♥♥
PEINLICHKEIT:	🧻🧻
GEFÄHRLICHKEIT:	☠☠☠☠☠☠
NERVIGKEIT:	🐴
BAYERN-GEN:	🌭🌭🌭🌭🌭🌭🌭
DEPPENFAKTOR:	🥨
HELDENSTATUS:	🦸🦸🦸🦸🦸🦸🦸

WWW.BAYERISCHES-DEPPENQUARTETT.DE

BAYERISCHES DEPPEN-QUARTETT

MAMA

FUNKTION:	HERRSCHERIN DES HAUSES
CHILLIGKEIT:	🍺
AUSSEHEN:	🕶🕶
BELIEBTHEIT:	♥♥
PEINLICHKEIT:	🧻🧻🧻🧻🧻🧻🧻
GEFÄHRLICHKEIT:	☠☠☠☠☠☠☠
NERVIGKEIT:	🐴🐴🐴🐴🐴🐴🐴
BAYERN-GEN:	🌭🌭🌭🌭🌭🌭🌭
DEPPENFAKTOR:	🥨🥨🥨
HELDENSTATUS:	🦸🦸🦸🦸🦸

WWW.BAYERISCHES-DEPPENQUARTETT.DE

BAYERISCHES DEPPEN-QUARTETT

PAPA

FUNKTION:	UNTERGEBENER
CHILLIGKEIT:	🍺🍺🍺🍺🍺🍺
AUSSEHEN:	🕶🕶🕶🕶
BELIEBTHEIT:	♥♥♥♥♥
PEINLICHKEIT:	🧻🧻🧻🧻🧻🧻
GEFÄHRLICHKEIT:	☠☠☠☠
NERVIGKEIT:	🐴🐴🐴
BAYERN-GEN:	🌭🌭🌭🌭🌭
DEPPENFAKTOR:	🥨🥨
HELDENSTATUS:	🦸🦸🦸

WWW.BAYERISCHES-DEPPENQUARTETT.DE

BAYERISCHES DEPPEN-QUARTETT

VRONI

FUNKTION:	NERVIGE SCHWESTER
CHILLIGKEIT:	
AUSSEHEN:	
BELIEBTHEIT:	
PEINLICHKEIT:	
GEFÄHRLICHKEIT:	
NERVIGKEIT:	
BAYERN-GEN:	
DEPPENFAKTOR:	
HELDENSTATUS:	

WWW.BAYERISCHES-DEPPENQUARTETT.DE

BAYERISCHES DEPPEN-QUARTETT

HAUSNERBAUERN-LENZ

FUNKTION:	BIOBAUER
CHILLIGKEIT:	
AUSSEHEN:	
BELIEBTHEIT:	
PEINLICHKEIT:	
GEFÄHRLICHKEIT:	
NERVIGKEIT:	
BAYERN-GEN:	
DEPPENFAKTOR:	
HELDENSTATUS:	

WWW.BAYERISCHES-DEPPENQUARTETT.DE

BAYERISCHES DEPPEN-QUARTETT

DER PFARRER

FUNKTION:	MAMAS LIEBLING
CHILLIGKEIT:	
AUSSEHEN:	
BELIEBTHEIT:	
PEINLICHKEIT:	
GEFÄHRLICHKEIT:	
NERVIGKEIT:	
BAYERN-GEN:	
DEPPENFAKTOR:	
HELDENSTATUS:	

WWW.BAYERISCHES-DEPPENQUARTETT.DE

BAYERISCHES DEPPEN-QUARTETT

LILLI

FUNKTION:	GROSSE LIEBE
CHILLIGKEIT:	
AUSSEHEN:	
BELIEBTHEIT:	
PEINLICHKEIT:	
GEFÄHRLICHKEIT:	
NERVIGKEIT:	
BAYERN-GEN:	
DEPPENFAKTOR:	
HELDENSTATUS:	

WWW.BAYERISCHES-DEPPENQUARTETT.DE

Hans-Peter Schneider wurde 1981 in Eichstätt geboren und ist in Preith aufgewachsen. Dort lebt er nach einem zehnjährigen München-Aufenthalt auch heute wieder mit seiner Frau Antonia, seiner Tochter Emma und seinem Sohn Sebastian. Er arbeitet als Gymnasiallehrer für Deutsch und Geschichte. Neben seiner schriftstellerischen Tätigkeit ist er als Schauspieler, Moderator und Regisseur aktiv und außerdem Vorsitzender von zwei Kulturvereinen.
Im Rosenheimer Verlagshaus sind von Hans-Peter Schneider außerdem „Seppis Tagebuch – Lauter Deppen!", „Seppis Tagebuch – Saustark!" und „Seppis Tagebuch – Pack mas!", sowie „Weihnachtsstern – Zauberhafte Geschichten und Gedichte" erschienen.

Meinungen, Ideen, Wünsche und Lesungsanfragen:
Besuche meine Hans-Peter-Schneider-Seite auf Facebook, schau vorbei auf www.h-pschneider.de oder schreibe einfach eine Mail an info@h-pschneider.de!

Vielen Dank für die tollen Vorschläge und Rückmeldungen, u. a. an Johannes, Lukas, Lenz, Diana, Sandra, Wolfgang, Paul und Silvia.

Von Hans-Peter Schneider bereits erschienen

Seppis Tagebuch – Passt scho!
208 Seiten
ISBN: 978-3-475-54222-0

Bereits im ersten Band von „Seppis Tagebuch" erzählt der 14-jährige Seppi von all den Problemen, die der Schüleralltag so mit sich bringt: eine Mutter, die alles besser weiß, ein Vater, der keine Ahnung vom Fußball hat, eine Mitschülerin, die unglaublich nervig ist, oder ein bester Freund, der sich in letzter Zeit irgendwie komisch verhält. Außerdem muss Seppi beim Krippenspiel des gefürchteten Direktors mitmachen. In seinem Tagebuch macht sich der Bub seine Gedanken darüber. Eine Freude für alle Schüler und alle, die sich gerne an ihre Schulzeit zurückerinnern.

„Ein knallkomisches Buch. Es ist eine Freude für Schüler und Eltern gleichermaßen." Münchner Merkur

Seppis Tagebuch – Lauter Deppen!
224 Seiten
ISBN: 978-3-475-54261-9

Der fast 14-jährige Seppi ist zurück! Nachdem ihn seine persönliche „Feindin“ Schacke-Line beim Krippenspiel gegen seinen Willen geküsst hat, wollte er sich in Ruhe auf seine Rache vorbereiten. Doch dazu bleibt ihm keine Zeit, denn ein neuer Schüler macht ihm seinen Rang streitig: Kevin! Und der ist bei allen sofort superbeliebt. Nur Seppi und sein bester Freund Hansi durchschauen ihn. Beide beginnen die „Operation Deppenabwehr“ und nehmen den Kampf auf gegen lästige Klassenkameraden, nervige Lehrer und anstrengende Mütter.

„Der zweite Sprechblasen-Knüller – flott geschrieben, unterhaltsam und „genial“ recherchiert.“ Ebersberger Zeitung

„Ein flott geschriebener Comic-Roman, für alle, die sich nach ihrer Schulzeit sehnen. Und für alle, die Tipps brauchen, wie man Lehrer zur Weißglut bringt.“ Münchner Merkur

Seppis Tagebuch – Pack mas!
224 Seiten
ISBN: 978-3-475-54444-6

Seppi Superstar – seit seinem legendären Auftritt beim Projekttag wird Seppi von allen Schülern bewundert. Von allen Schülern? Nein, Yannik aus der Parallelklasse findet Seppis plötzlichen Ruhm alles andere als cool. Darüber hinaus ist er, wie Seppi, ebenfalls in die Achtklässlerin Lilli verliebt. Zusammen mit seiner Clique versucht Yannik nun Seppi und dessen Klasse fertigzumachen. Doch Seppi kann sich auf seine Freunde Hansi, Kevin und Merlin verlassen und erstmals auch auf die Genialität Schacke-Lines zurückgreifen, die sich mit ihnen verbündet hat. Ein großer Wettstreit zwischen den beiden Klassen beginnt, der viel Action, Spaß und blaue Flecken verspricht.

Weitere Informationen zu unserem Verlagsprogramm finden Sie unter www.rosenheimer.com